KB096374

너의 이야기를 먹어 줄게 1

너의 이야기를 먹어 줄게 1

명소정 장편소설

고민 상담부
나의 괴물님

이지북
EZbook

차례

1. 도서관에서 만난 그 녀석 ◇ 7

2. 이룰 수 없다면 차라리 잊게 해 줘 ◇ 29

3. 갑자기 나타난 부원 ◇ 45

4. 짝사랑은 원래 고달픈 법이다 ◇ 54

5. 무엇도 되지 못한 이야기 _1 ◇ 73

6. 무엇도 되지 못한 이야기 _2 ◇ 99

7. 네 고민이 내 고민 ◇ 120

8. 잊으려 해도 잊을 수 없는 ◇ 144

9. 끝맺기 위한 고백 ◇ 168

10. 그와 그녀의 결말 ◇ 186

11. 아이 그리고 화괴 ◇ 206

12. 너를 위한 일은 ◇ 232

13. 혜성에게 빌 소원 ◇ 258

14. 한여름 밤의 꿈 ◇ 280

에필로그 고민 상담부에는 이야기를 먹는 괴물이 있다 ◇ 297

작가의 말 ◇ 303

추천의 글 ◇ 305

1. 도서관에서 만난 그 녀석

저번 주까지만 해도 멀쩡히 출근하셨던 사서 선생님이 느닷없이 사직서를 냈다. 학기가 이미 시작한 상황에서 사서를 새로 뽑는 건 하늘의 별 따기였고, 도서관을 담당하게 된 국어 선생님은 이미 업무가 차고 넘치는 상태였다. 그 결과 도서부장이었던 나는 몇 가지 특권을 약속받고 사서 대행 업무를 하게 되었다.

그런데 그 업무를 맡은 지 며칠도 되지 않아 문제가 생겼다. 안 그래도 막 설립한 학교라 보유한 책 수도 많지 않은데, 매일 책이 사라지는 게 눈에 띌 정도로 책 분실이 빈번하게 일어났다. 국어 선생님하고도 이 일에 대해서는 몇 번 논의한 적이 있다. 분명 허가 없이 책을 가지고 나가면 경보기가 울려야 하는데도, 최근 며칠간 도서관의 경보기가 울렸던 적은 한 번도 없었다.

"경보기에 문제가 있을 리도 없을 텐데. 저번에 한 학생이 대출 등록하는 걸 깜빡하고 실수로 책을 가지고 나갔을 때도 울렸으니까."

"매번 분실된 책 목록을 정리해서 기숙사에 수배하는 것도 일이에요. 심지어 그 책들 중 발견된 게 아무것도 없으니……."

다수가 동시다발적으로 일으킨 일이라면 분명 빈틈이 보일 텐데, 한 권도 발견되지 않은 걸 보면 동일범의 소행이 틀림없었다.

점심시간 내내 이곳을 오가는 학생들의 손을 살펴봐도 몰래 책을 들고 가는 것 같지는 않았다. 무엇보다 낮 동안은 서가에 꽂힌 책들이 사라지는 기미가 보이지 않았다.

소득 없이 저녁이 되어 도서관 문을 잠그려던 찰나, 복도 반대편으로부터 익숙한 얼굴이 걸어오는 것이 보였다. 이 학교 학생이라면 눈에 익지 않을 수 없는 애였다. 그는 공부 잘하는 학생들이 모인 이 학교에서도 배치고사에서 수석을 차지해 입학식 때도 대표로 선서를 했다. 행사 내내 학생들을 술렁이게 했던 훈훈한 외모도 그의 얼굴이 기억에 남게 하는 데 한몫했다. 주변 애들이 이름도 잘생겼다며 난리였지. 임혜성이라고 했나.

"곧 자율학습 시간인데, 아직 본관에 있는 거야?"

"아, 내가 문단속 담당이라. 사감 선생님도 나 늦는 건 이해해 주셔. 너야말로 서두르지 않으면 늦을 텐데?"

"그러게. 그럼 조심히 들어가. 고생이 많네."

애들이랑 같이 다니는 걸 별로 보지 못해서 성격이 삐뚤어진 건가 싶었는데, 그런 것치고는 말투가 친절한 게 별로 모난 점은 없는 아이 같았다.

유유히 자리를 비우는 그를 잠깐 쳐다보다 손에 쥔 자물쇠를 향해 시선을 돌렸다. 그리고 도서관 문고리를 감은 자물쇠가 단단히 잠긴 것을 확인한 뒤 기숙사로 발걸음을 옮겼다.

야간자율학습은 보통 기숙사 1층의 독서실에서 이루어졌다. 여느 때처럼 쪽지 시험을 대비해 문제를 풀다 보면 금세 쉬는 시간이 됐고, 별로 어울릴 친구가 없었던 나는 기숙사 마당에서 바람을 쐬는 일을 낙으로 삼았다. 잘 꾸며진 화단 옆 벤치는 바람 소리조차 잘 들리지 않는, 마치 고요함으로 만들어진 낙원 같았다.

보통은 다음 자습시간을 알리는 종이 울릴 때까지 아무도 이쪽으로 오지 않았지만, 오늘은 조금 달랐다. 도서관에서 몇 번 마주친 적 있는 여학생이 조심스럽게 말을 걸어왔다. 혹시 괜찮으면 도서관 열쇠를 잠깐 빌려줄 수 있냐면서. 그것은 사소하면서도 확실하게 드문 사건이어서 마치 앞으로 다가올 사건의 전조처럼 느껴지기도 했다.

"미안. 최근에 도서관에서 분실 사고가 자주 일어나서, 그게 해결될 때까지는 힘들 것 같아."

"아, 괜찮아. 괜한 부탁을 했네. 미안해."

"무슨 일로 빌려달라고 했는지 물어봐도 될까? 내가 할 수 있는 일이면 대신 갔다 올게."

"그럼 부탁 좀 하자. 내일 쪽지 시험 범위를 필기한 노트를 탁자 위에 두고 왔거든. 그것 좀 가져다줄 수 있어?"

아직 쉬는 시간이 시작한 지 얼마 안 됐으니, 사감 선생님에게 사정을 설명하고 서둘러 다녀오면 아슬아슬하게 다음 자습시간까지는 돌아올 수 있을 것 같았다. 나는 늦지 않을까 불안한 마음을 안은 채 곧장 도서관이 위치한 2층으로 올라갔다.

복도는 빛 한 줌 없이 깜깜했다. 이곳이 오래된 학교였다면 귀신이 나오기 좋은 타이밍이 아닐까 하는 생각마저 들게 했다. 도서관 안도 복도와 마찬가지로 사방이 온통 어두워 노트는커녕 책상들 위치조차 제대로 파악하기 어려웠다.

자물쇠를 풀고 문을 연 그 순간, 안쪽에서 들려오는 부스럭거리는 소리에 몸이 굳었다. 조심스럽게 안으로 발을 디디자, 곧이어 무언가가 바닥과 부딪치는 소리가 들려왔다. 분명 도서관 안에서 나는 소리였다.

책 도둑임에 틀림없었다. 현장을 잡아야겠다는 생각에 나는 곧바로 문 옆에 있는 전등 스위치를 눌렀다. 불이 켜지자, 책장 사이를 황급히 지나가는 인영이 눈에 들어왔다. 나는 곧바로 인기척이 느껴진 곳을 향해 달려갔다.

밤중의 불청객은 금세 막다른 곳에 갇혔다. 그리고 그

문학
0001

불청객과 마주했을 때 나는 내 앞에 펼쳐진 풍경에 도저히 어떤 감상을 남겨야 할지 떠올릴 수 없었다.

여기저기 찢긴 책에는 짐승의 잇자국이 나 있었고, 어떤 책은 표지만 남은 채 버려져 있었다. 바닥에 떨어진 책만 해도 대충 열 권은 넘었다. 어질러진 책은 동화 속 헨젤이 뿌려 둔 하얀 빵 조각처럼 현장의 범인이 지나간 길을 따라 놓여 있었다. 그리고 그 행렬의 끝에는 분명 사람처럼 생겼음에도 사람이라고는 느껴지지 않는 생물이 서 있었다.

책을 갈기갈기 찢어 놓은 송곳니와 붉게 타오르는 눈. 그 괴물은 나를 보더니 흠칫 당황해하며 서서히 사람의 모습으로 변했다. 처음에는 하얀 갈기가 먼지가 날리듯 사라지더니, 마지막에 가서는 붉은 눈동자와 송곳니 말고는 얼핏 사람처럼 보이는 형상이었다. 나는 이 얼굴을 알고 있었다. 임혜성. 그건 분명 임혜성이었다. 그는, 아니 그것은 나를 뚫어지게 쳐다보더니 입에 물고 있던 책을 마저 삼키고 나서야 내가 알고 있는 임혜성의 모습으로 돌아왔다.

"임혜성?"

"어…… 어? 도서부장, 맞지?"

모난 구석이 없는 그의 곁에 친구가 별로 없는 이유가 뭘까 잠시, 아주 잠시 궁금하긴 했다. 하지만 그게 이 정도의 비밀이었음을 짐작했다면, 절대 알고 싶다고 생각하지 않았을 것이다. 그는 겁내지 말라는 듯 어색하게 웃음 지으며 내가 원한다면 충분히 도망칠 수 있을 속도로 걸어왔다.

"널 해칠 생각은 없어. 대신 한 가지 부탁만 들어줘. 우리 둘에게도 좋은 일이야."

"그, 그게 뭔데?"

"네가 날 본 기억을 내가 먹게 해 줘. 너는 이 일을 잊고, 나는 비밀을 지키고. 어때, 좋은 거래지?"

기억을 잊게 해 주는 게 아니라, 먹는다고? 눈을 마주치려고 해도 저절로 시선이 땅바닥에 꽂혔다. 바닥에 널브러진 책을 본 순간, 애초에 내가 왜 뜀박질까지 해 가며 현장을 덮쳤는지 그 이유를 겨우 떠올렸다. 갑자기 냉수 한 바가지를 통째로 맞은 듯 머리가 시원해졌다.

"미안한데, 그렇게는 못 하겠다. 며칠 동안 벼르고 있었거든."

나는 이미 반 정도는 임혜성에게 먹혀 넝마가 된 책 하나를 집어 들었다. 그동안 수많은 책이 이 지경이 되어 가며 그의 입안으로 들어갔겠지. 임혜성의 말대로 그가 내 기억을 먹게 놔두면 나는 학교생활 내내 이 사건의 진실을 알지 못할 거다.

"너도 뭔가 사정이 있어서 학생인 척 연기하는 거겠지? 여긴 CCTV도 있고, 내가 도서관에 왔다는 걸 아는 학생도 있으니 내게 문제가 생기면 너도 곤란해질걸?"

"아니, 넌 무슨 애가 괴물을 보고도 놀라지도 않냐."

"놀라긴 했어. 다만 지금은 네가 범인이라는 사실에 화가 좀 많이 났을 뿐이지."

"문제를 일으킬 생각은 없었어. 난 그냥 조용히 책만 먹으면서 다닐 생각이었다고."

"조용히 책만 먹는 게 문제라고. 내가 그것 때문에 그동안 얼마나 고민했는지 알아?"

방금까지 보였던 괴물 같은 모습은 어디로 가고, 그는 온갖 표정을 지어 가며 진심으로 곤란해하는 사람처럼 조심스레 내 눈치를 살폈다.

"알았어. 앞으로 안 그럴게. 대신, 앞으로 나 좀 도와

주면 안 될까?”

“무슨 도움?”

“책을 먹지 않으면, 대신 먹을 게 필요해.”

그러고 보니 아까 내 기억을 먹는다고 했지. 설마 책을 먹는 이유는 그게 종이라서가 아니라, 거기에 담긴 내용 때문이었나?

“나는 화괴야. 이야기를 먹고 사는 괴물이지. 먹은 이야기가 사람들에게 잊힌다는 게 흠이지만.”

“그럼, 네가 책을 먹으면 그 책에 대한 기억도 사라지는 거야?”

“비슷하긴 한데, 조금 달라. 정확히는 내가 먹은 이 책을 직접 읽은 사람만 책 내용을 잊어버려. 여기 책들은 사람들이 거의 읽지 않은 책들이니까, 먹어도 크게 피해를 보는 사람이 없을 것 같아서 몰래 먹었어.”

“읽는 사람이 없다고 해서 피해가 생기지 않는 건 아니잖아. 너는 괴물이라 모를 수도 있겠지만, 우리한테는 물건들이 사라진다는 일 자체가 상당한 골치라고.”

“골치인 걸 몰랐던 건 아니지만……. 이 생활을 연명하려면 어쩔 수 없었어.”

차라리 아까처럼 계속 괴물 같은 모습이면 모르겠는데, 진짜 사람 같은 얼굴로 저렇게 시무룩한 표정을 지으니 양심이 찔린다. 하지만 생각해 보면 오히려 양심이 찔려야 할 건 저쪽이다.

"책을 대신할 게 뭔데?"

"사람의 이야기."

"그럼 그 사람은 기억을 잊어버릴 텐데?"

"아무래도 그렇지."

아무래도는 무슨. 화가 치밀어 올라 소리를 지르려던 걸 겨우 참았다.

"차라리 책을 먹어라. 내가 다시 현장 검거해서 내쫓아 줄 테니."

"그렇게 나쁘게만 생각하지 마. 세상에는 간직하고 싶은 기억만 있는 게 아니잖아."

임혜성은, 아니 화괴는 묘하게 기분이 나빠지는 미소를 지으며 자기 나름의 논리를 내게 펼쳐 보였다.

"나는 사람의 허락을 받아야만 이야기를 먹을 수 있어. 내가 설마 책만 먹으면서 지금까지 살아왔겠어? 세상에는 자신의 나쁜 기억을 잊어버리길 원하는 사람이 생각보다 많다고."

듣고 보니 또 맞는 말이다. 만약 그런 기억만 먹는 거라면, 그리고 허락이라는 제약이 정말로 걸려 있다면 화괴가 사람들과 공존하는 일도 가능할 것 같았다. 허락을 받아야만 먹을 수 있다는 것도 사실 같았다. 그렇지 않았다면 그는 이미 내 기억을 먹어 치우고도 남았을 테니까.

"그러니까, 앞으로 책을 먹지 않을 테니 기억을 지우려 하는 사람들을 찾아 달라 이거지?"

"응. 나도 이런 난장판을 벌이고 싶진 않았다고. 네가 그런 사람들을 찾아 주면, 앞으로 이런 일은 없을 거라고 맹세할게, 응?"

어차피 내 힘만으로는 그를 내쫓을 수 없고, 이 부탁을 받아들이지 않으면 복수심에 나를 골탕 먹이려 할지도 모른다. 하지만 문제가 있다면 대체 어떻게 그런 사람들을 찾느냐는 건데. 방법이 뭐가 있을까 고민하던 찰나, 사서 대행을 맡아 달라는 부탁을 받았을 때 국어 선생님이 내게 했던 말이 떠올랐다. 봉사 시간만으로는 모자랄 것 같다며 제안한 특권이었는데, 당시에는 딱히 생각이 없어서 받아들이지 않았다. 하지만 지금 생각해 보니 그 특권을 잘만 이용하면 그의 부탁을 들어줄 수 있을 것 같았다.

"찾아 줄 필요 없이, 기억을 지우고 싶은 사람이 알아서 우리한테 오게 하면 되지."

선생님이 제안했던 특권은 간단했다. 도서관의 별실을 부실로 하여 인원 제한 없이 어떤 목적의 동아리든 개설할 수 있게 해 주겠다는 내용이었다. 당시 나는 도서부 외에 딱히 하고 싶은 활동을 찾지 못했기에 그 권리가 매력적이라고 느끼지 못했다.

지우고 싶은 기억이 있는 사람들은 어떤 행동을 할까. 그들은 그 기억으로 인해 생기는 문제를 해결하고자 할 터였다. 그들이 선택할 수 있는 행동 중 하나는 바로 남에게 그것을 털어놓는 것이다. 그러나 친한 사람에게 털어놓자니 소문이 돌 위험이 있고, 전문적으로 상담을 받기에는 부담이 크다.

중학교 때 친구 한 명이 봉사 활동 점수를 노리고 또래 고민 상담부에 들어간 적이 있었다. 솔직히 누가 그런 곳에서 상담을 받으려 하나 의아했는데, 생각보다 비밀 보장도 철저하고 찾아오는 학생이 꽤 된다는 사실이 신기했다. 이 학교는 아직 개교 첫해고 그런 동아리나 부서가 있다는 소리는 들어 보지 못했다. 그렇다면 나와 임혜성 둘이 동아리를 만들어 고민이 있는 학생들을 받는다면?

"고민은 문제로부터 오고, 문제는 기억에 있으니까."

물론 기억을 지우는 것만으로 해결되지 않는 문제가 많겠지만, 고민 상담부가 고민을 대신 해결할 필요는 없다. 학생들이 들고 오는 고민을 듣고 그중 기억을 지움으로써 해결될 수 있는 일들을 찾아내면 되는 일이다.

"고민이 우리에게 오게 만들면 되지."

나는 방금 떠올린 내용을 간략하게 그에게 설명했다. 고민 상담부를 만들어 학생들의 고민을 모으자고.

"그나저나, 그럼 네 원래 모습은 뭐야? 임혜성이라는 애는 실제로 있는 애고?"

"임혜성은 원래 내가 쓰는 이름이야."

"학교는 어떻게 입학한 건데?"

"서류를 좀 조작했지. 아, 그래도 입학시험은 온전히 내 힘으로 봤어."

하긴 책을 먹어서 흡수할 수 있는 괴물이니 지식만큼은 엄청나겠네. 그 순간, 창문 너머 기숙사 방향에서 다음 자율학습 시간을 알리는 종소리가 들려왔다. 그제야 나는 내가 애초에 왜 도서관에 들어왔는지 이유를 떠올리고 급히 근처 책상 위에 홀로 놓여 있는 노트를 집어 들었다.

"안 돌아가? 지금 자율학습 시간인데?"

"혼자 들어가. 어차피 못 쓰게 된 책은 다 먹고 가게."

"넌 이 상황에서 그게 할 말이야?"

하긴 저렇게 망가진 책이 눈에 띄면 이번 일이 평범한 게 아니라는 건 누구나 알게 되겠지. 차라리 그가 스스로 증거 인멸을 하도록 두는 게 나을 것 같아서 나는 한 손에 부탁받은 공책을 쥔 채 기숙사를 향해 서둘러 뛰어갔다. 혹시 이게 실수로 자율학습 시간에 잠들어 버린 내게 벌처럼 찾아온 악몽은 아닐까. 그러나 곧 손에서 느껴지는 공책만큼의 무게가 금세 그 어리석은 생각을 부정했다.

늦었다고 핀잔을 주는 사감 선생님의 말씀도 제대로 들려오지 않았다. 막상 괴물을 마주했을 때는 멀쩡했던 정신이, 긴장이 풀리고 나니 한없이 바닥으로 가라앉는 기분이었다. 그러나 이 기분과 별개로 할 일은 해야 했다. 나는 곧장 독서실로 들어가 자리로 돌아가기 전 노트를 부탁했던 여학생에게 노트를 건네주었다.

"와, 진짜 고마워! 고생시켜서 미안해. 나 때문에 괜히 혼났네."

"괜찮아. 내가 시간 계산 잘못해서 늦은 거지. 맞다, 그건 그렇고 사례 말인데……."

고민 상담부를 만들어도 그 사실을 아무도 모른다면 쓸모가 없다. 원래 최고의 홍보는 입소문이라고 하지 않는가. 처음 보는 애한테 대신 공책을 가져다달라고 부탁할 정도로 변죽이 좋은 애니, 분명 주변에 사람도 많겠지. 나는 그녀에게 이번에 고민 상담부를 만들었으니 소문을 잔뜩 내 달라고 부탁했다.

"당연하지! 근데, 정말 그거면 돼?"

"응. 대신 소문 좀 많이 내 줘, 알았지?"

다음 날 아침, 나는 수업이 시작하기 전 동아리 개설을 위해 교무실을 찾아갔다. 선생님에게 임혜성과 동아리를 만들고 싶다고 부탁하자, 그녀는 인원이 차지 않아도 흔쾌히 허락해 주겠다던 지난번과는 달리 뭔가 말하고 싶은 게 있는지 머뭇거리다 겨우 말을 꺼냈다.

"저기, 세월아. 혹시나 하고 묻는 건데, 설마 둘이 연애하려고 동아리를 만드는 건 아니지?"

아뿔싸. 하긴 남녀 둘이 동아리를 만든다고 하면 그렇게 오해할 수도 있겠구나. 나는 절대 그런 게 아니라고 말했고, 선생님은 의심을 완전히 거두지는 않은 것 같았지만 약속은 약속이니 허락해 주겠다며 작성해 와야 할 서류를 건네주었다.

"부실은 도서관 별실로 할 거지? 정식 명칭도 고민 상담부로 할 거고?"

"네. 서류는 점심시간에 작성해서 가져올게요."

"그래, 그러렴. 등록하려면 며칠 걸릴 것 같구나. 미리 활동해도 되니, 등록이 늦다고 초조해하진 말렴. 별실 열쇠는 점심시간에 줄게."

"감사합니다, 선생님."

교무실을 나오던 도중, 조회를 앞두고 교실로 향하던 혜성과 눈이 마주쳤다. 그는 어젯밤 일이 떠올랐는지 살짝 멋쩍은 표정으로 조심스레 인사를 건넸다. 원망스러운 얼굴로 한껏 째려보자, 그는 슬쩍 눈을 피하며 재빨리 내 앞을 지나가려 했다. 그러나 마침 그에게 할 말이 있었던 나는 나를 피해 교실로 들어가려던 그의 팔을 붙잡았다.

“점심 먹자마자 도서관으로 와. 고민 상담부 관련해서 할 말이 있으니까.”

“아, 동아리 말하는 거지? 알았어. 먹고 바로 갈게.”

“그래. 그리고 연락처 좀 줄래? 앞으로 용건이 있을 때 직접 찾아가는 것보다는 문자로 하는 게 더 편할 것 같아서.”

연락처라는 말에 그는 무의식적으로 목 뒤로 손을 올리며 곤란해하는 표정을 지었다. 그는 내게 죄라도 지었다는 듯, 물론 실제로 짓긴 했지만, 기어들어 가는 목소리로 전혀 예상치도 못한 대답을 내놓았다.

“그게, 내가 휴대전화가 없어서.”

“뭐?”

“어차피 기숙사 학교고 밖에 연락할 사람도 없어서 그냥 안 만들었거든.”

“맞다. 너 괴물이었지.”

"나도 이름이 있다고. 세상에 괴물은 많지만, 혜성은 나 한 명이니까."

"많기까지 해? 그건 좀 무서운데."

화괴라는 이름을 처음 들었을 때, 괴물이라는 사실이 제일 당황스럽긴 했지만 대체 뭐 하는 존재인지 감이 잡히지 않았다. 차라리 구미호나 도깨비 같은 거라면 무슨 괴물인지 갈피라도 잡히지. 괴물 전문가라도 있으면 붙잡고 궁금한 걸 모두 물어보고 싶은 심정이다. 아, 생각해 보니 화괴에 대해서는 누구보다 잘 알 존재가 앞에 있긴 하지.

"그나저나, 살면서 화괴라는 괴물은 처음 들어 봤어. 다른 건 많이 들어 봤는데. 도깨비라거나."

"도깨비는 사람들이 멋대로 붙인 이름이지. 나도 그 중 하나야. 화괴는 예전에는 사람들과 어울려 살기도 했어. 물론 괴물이라는 건 숨기고 살았지만."

나는 아직도 붙잡고 있던 그의 팔을 슬며시 놓고 가볍게 손을 흔들어 인사했다. 혜성은 그걸 잠깐 빤히 쳐다보더니 내가 한 것처럼 자신의 손을 흔들어 인사하고는 금방 교실로 들어갔다.

'마냥 괴물이라고만 여기기에는 사람보다도 소심한 것 같단 말이지.'

그가 사람처럼 느껴진다고 말하기에는 무리가 있지만 말이다. 붉은 눈과 날카로운 송곳니가 계속해서 혜성의 얼굴에 겹쳐 보이는 한, 그를 멀쩡한 눈으로 쳐다보기는 그른 것 같다.

점심을 먹은 후 도서관에 막 도착했을 때, 별실 앞 소파에 앉아 있는 혜성이 눈에 들어왔다. 나는 방금 받은 별실 열쇠를 주머니에서 꺼내 그에게 보여 주고 그 열쇠로 별실 문을 열어 쓰임새를 직접 보여 주었다.

오늘 그를 불러낸 이유는 앞으로의 활동을 알려 주기 위해서도 있었으나, 사실 본론은 내가 사서 업무를 보는 동안 별실 청소를 시키는 거였다. 기분 나빠 할 줄 알았는데, 그는 생긋 웃으며 맡겨만 주라는 듯 얼른 빗자루와 쓰레받기를 받아 들었다. 일을 대충 마무리하고 별실로 들어왔을 때, 그 짧은 시간에 청소했다고는 믿기지 않을 정도로 방은 한껏 깔끔해져 있었다.

"솔직히 기대 안 했는데, 생각보다 깨끗하네."

"학생으로 사는 게 처음인 거지, 사람으로 위장해서

사는 건 자주 해 봤어."

"그런 것 같다. 괴물인 거 들킬 걱정은 안 해도 되겠네."

"너도 어제까지는 몰랐잖아."

그거야 별로 안 친하니까 그랬지.

"아무튼, 활동은 내일부터 시작할 거야. 저녁 시간에 기숙사 게시판이랑 학교 게시판에 홍보지 붙일 거니까, 점심시간 동안 만들자."

"아, 그거. 그렇지 않아도 필요할 것 같아서 어젯밤에 만들어 봤는데, 한번 볼래?"

"이대로 인쇄하면 되겠는데? 이런 건 또 언제 배웠어?"

"북디자이너로 일한 적이 있었거든. 재고가 남는 책은 싸게 받아 올 수 있으니까. 뭐, 그다지 맛있는 이야기는 아니었지만."

그 말을 들으니, 화괴에게 있어서는 최고의 직장이었겠다는 생각이 들었다. 왜 지금도 그 일을 하지 않나 생각이 들 정도로.

"근데, 어제 자율학습 시간 안에 만들 수 있을 정도의 수준이 아닌데? 설마 취침 시간에 몰래 만든 거야?"

"그런 건 좀 눈감아 주면 안 될까?"

"뭐, 이 정도는 양반이지. 교칙 어기는 게 너만 있는 것도 아니고."

나도 늘 교칙을 지키며 살지는 않으니까. 솔직히 할 것도 많고 하고 싶은 것도 많은 나이인 고등학생에게 열두시는 너무 이른 취침 시간이 아닌가.

"만드느라 수고 많았을 테니, 포스터 붙이는 건 내가 할게."

"아냐. 인쇄 끝나면 반은 나한테 줘. 기숙사에는 내가 붙일게."

오늘 홍보지를 붙이고 나면, 내일부터는 학생 한두 명 정도는 찾아오기 시작할 것이다. 사람의 기억을 지운다는 게 그리 좋기만 한 일은 아니지만, 만약 그런 게 필요한 학생이 있다면 화괴는 이 학교에서 학생들과 공존하는 존재가 될 것이다. 괴물이 인간과 함께 살았던 옛이야기 속 세상처럼. 화괴가 인간에게 도움이 되고 인간의 이야기가 화괴에게 도움이 되던 그 시절처럼.

적어도 그 당시의 나는 그렇게 믿고 있었다.

2. 이룰 수 없다면 차라리 잊게 해 줘

활동을 시작하고 며칠이 지났다. 고민 상담부를 찾아오는 학생은 꽤 많았지만, 그들이 들고 온 건 대부분 중간고사를 잘 보고 싶다거나 친구랑 싸웠다거나 하는, 심각하다고 말하기는 어려운 고민이었다.

기회는 예상치도 못한 순간에 갑자기 찾아왔다. 많은 학생이 학원을 가기 위해 주말에는 집으로 돌아갔지만, 학원을 다니지 않는 나는 주말에도 여기에 남곤 했다. 물론 갈 곳 없는 신세인 혜성도 마찬가지였다. 도서관 창 너머로 보이는 기숙사 앞은 학생들을 데리러 온 학부모들의 차로 가득 차 있었다. 시끌벅적함과 대비되는 이곳의 고요함은 곧이어 들려오는 도서관 문이 열리는 소리에 금세 깨졌다. 가끔 인사하고 지내던 같은 반 학생이었다. 이름이 김해원이었지.

"저, 혹시 활동 끝났니?"

"넌 오늘 집에 안 가?"

"오늘 부모님이 조금 늦는다고 하셔서. 그동안은 시간이 안 났는데, 어쩌다 보니 지금 시간이 났네. 혹시 괜찮으면 상담 가능할까?"

당연히 가능하지. 곧바로 별실로 달려가 나 대신 도서관 청소를 하고 있던 혜성에게 손님이 왔음을 전했다. 하던 청소를 마무리한 뒤 안으로 김해원을 들여보내자, 그는 이곳이 꽤 마음에 들었는지 이리저리 둘러보고 난 뒤에야 조심스레 의자에 앉았다.

"잠깐 인적 사항 좀 적을게. 동아리 방침상 기록을 적어야 해서. 기록은 누구한테도 공개하지 않으니까 안심하고. 여기 서명 좀 해 줘."

"아, 응."

상담 용지에 그의 이름을 적고 난 뒤, 나는 펜을 내려놓고서 그의 얼굴을 빤히 바라보며 그가 이야기를 꺼내길 기다렸다.

"천천히 말해도 돼. 아무도 재촉하지 않으니까."

"아냐. 곧 있으면 부모님이 올 테니까……"

그는 자신이 고민을 말하는 게 잘못이라도 된다는 듯 입을 몇 번 달싹이고 난 뒤에야 조심스레, 그리고 천천히 말문을 텄다.

"소설가가 되고 싶은데, 그러지 못할 것 같아. 가족이 원하지 않거든."

무슨 상황인지 알겠다. 사람이 가질 수 있는 꿈은 다양하지만, 가족이 바라는 직업은 한정적이니까. 안정적이고, 평균 이상의 수입을 벌 수 있는 직업.

"부모님은 내가 의사가 되길 원하셔. 형도 의대에 들어갔고, 동생도 의대를 꿈꾸고 있어."

"부모님께 의사가 되고 싶지 않다고 말씀드려 봤어?"

"예전에 별로 의사가 되고 싶지 않다고 넌지시 말한 적은 있어. 아예 무시당했지만."

"그럼, 상담하고 싶은 건 부모님을 어떻게 설득하냐는 거지?"

"사실 그건 오래전에 포기했어. 근데 그 이후로 잠들려고 눈을 감을 때마다 미련이 머릿속을 떠다니는 것만 같은 기분이야. 고등학교에 들어와서도 계속 그러네."

그 말을 듣는 순간, 나는 그의 고민이 지금까지 나와 혜성이 찾아왔던 종류의 것임을 직감했다. 그는 꿈이 있었지만, 자신의 꿈보다는 현실과 가족의 기대를 택했다. 자신이 소설가를 희망한다는 사실이 그에게 고통을 주었던 것이다.

"나는 내 꿈을 포기하고 싶어."

미래나 과거를 생각하지 않고, 오직 현재의 그를 위해서라면 그가 꿈을 잊게 해 주는 것이 옳은 선택이 아닐까. 분명 해원의 이야기는 혜성의 필요에 딱 맞는 것 같았다.

"그럼, 만약 네가 작가라는 꿈을 가졌다는 걸 완전히 잊어버릴 수 있다면 어떡할 거야?"

옆에 앉아 있던 화괴의 눈이 섬찟 반짝였다. 맛있는 음식을 앞에 두고 식욕을 겨우 참아 내는 사람의 얼굴이었다.

"무슨 소리야? 그런 게 가능할 리 없잖아."

"그게, 사실 가능해. 얘는 전문적으로 최면 치료를 배웠거든. 원한다면 네가 그 기억을 지울 수 있게 도와줄 거야."

김해원은 자신의 얼굴 위로 올라온 의심을 전혀 숨기려고 하지 않았다. 그리고 나는 그런 그의 심정을 백번 이고 이해했다.

"그냥 가정해 보라는 거야. 만약 네가 그런 꿈을 가졌다는 기억을 잊을 수 있다면, 너는 어떤 선택을 할지."

"최면은 농담이지?"

"반쯤은 장난이야. 그냥, 이렇게 하면 앞으로 잊을 수 있을 거라는 플라시보 효과 같은 거지."

"그 효과가 통하려면 내가 그 사실을 몰라야 하는 거 아냐?"

그는 그 이야기가 농담으로만 들렸는지 가볍게 웃었다. 그의 얼굴은 잠깐 활기를 되찾는 듯했으나, 금세 원래의 우울한 표정으로 돌아왔다.

"그래서 말인데, 집에 가면 고민해 봐. 네가 정말로 소설가라는 꿈을 버려도 괜찮은 건지. 언제든지 와도 괜찮으니까 조급해하진 말고."

김해원은 고개를 끄덕이며 알았다고 대답했다. 주머니에서 휴대전화를 켜 시간을 확인하더니 보는 사람이 당황할 정도로 한껏 놀란 표정을 짓고는 급히 일어나 서둘러 가방을 챙겼다. 그러고는 다음에 또 오겠다며 가볍게 인사를 하고는 금세 별실을 빠져나갔다.

"그래서, 넌 어떻게 생각해?"

"지금 당장만 보면 이야기를 먹는 게 나을 것 같은데."

틀린 말은 아니다. 다만 몇 년 동안이나 꿔 온 꿈일 텐데, 한순간에 그걸 지운다는 게 찜찜할 뿐이지.

"정말 그래도 괜찮을까?"

"뭐, 어차피 먹고 말고는 우리가 정하는 게 아니잖아. 걔가 원하는 대로 하는 거지."

우문현답이다. 이 고민을 제일 잘 알고 있는 것도, 그리고 결정을 내릴 권한이 있는 것도 결국은 김해원 본인이니까.

* * *

"조금 늦었구나."

"죄송해요. 독서실에서 공부하느라 시간을 제때 못 봤어요."

"다음부터는 주의해라. 아, 오늘은 네 형도 집에 온다고 하는구나."

형이 온다는 걸 듣자마자, 아직 집에 도착하지도 않았는데 갑갑한 기분에 숨이 막혔다. 가족 한 명 한 명이 자신을 둘러싼 쇠창살처럼 느껴지는 해원에게 가족이 전부 모이는 일은 달갑지 않았다. 의사 외에는 아무것도 꿈꿔서는 안 된다고 말하는 부모님. 그 말을 당연히 여기고 따르는 형과 동생.

'집에 가면 고민해 봐. 네가 정말로 소설가라는 꿈을 버려도 괜찮은 건지.'

그는 진작 자신이 의사가 될 수밖에는 없다는 사실을 받아들였다. 그러나 막상 소설가라는 꿈을 잊고 싶다는 말을 입 밖으로 꺼냈을 때, 꿈을 버려도 괜찮다고 말할 자신감이 햇볕에 얼음이 녹아내리듯 순식간에 사라졌다. 그래서 오늘 용기를 내기로 했다.

매주 보는 집인데도 해원에게 지금의 이곳은 낯선 공간처럼 느껴졌다. 얼마 지나지 않아 음식이 다 준비되었다는 소리와 함께 흩어져 있던 가족은 그제야 주방으로 와 암묵적으로 정해진 자신의 자리에 앉았다. 상석에 앉은 아버지, 그 양옆에 앉은 어머니와 형, 그리고 자신과 마주 앉은 동생.

"해성이 넌 졸업 준비 잘되어 가고 있지?"

"네."

"해진이는 새 과외 선생님 마음에 드니?"

"네, 잘 가르쳐 주세요."

금요일의 저녁 시간에는 이렇게 늘 몇 번의 문답이 오갔다. 그에게도 몇 번의 질문이 돌아왔지만, 형과 동생이 그랬듯 '네' 또는 가끔 '아뇨'라는 답 외에는 딱히 할 대답이 없는 말이었다. 질문 세례가 끝나자 정적이 흘렀고, 어느새 아버지의 밥그릇에는 두 숟갈 정도만의 밥이 남아 있었다.

"아버지."

"응?"

아버지는 분명 소설가라는 단어만 언급해도 화를 내며 자리를 뜨시겠지. 해원은 소설가를 하고 싶다는 말보다는, 의사가 아닌 다른 걸 하고 싶다는 말로 서두를 꺼내야 부드럽게 대화를 시작할 수 있을 거라고 생각했다.

"저는 의대에 가고 싶지 않아요."

그는 말을 내뱉자마자 본론을 먼저 꺼낸 걸 후회했다. 분위기가 급격히 가라앉는 게 온몸으로 느껴졌기 때문이었다. 최대한 돌려 말했어야 했는데. 아버지는 화를 낼까. 아니면 그럴 가치도 없다는 듯 무거운 목소리로 책망할까. 그러나 곧 들려온 목소리는 아까와 다를 것이 없었다.

"네 실력에 자신감을 가지렴. 요즘 힘든가 보구나."

그리고 그 목소리가 해원의 마음을 무너뜨렸다.

"아녜요, 그런 뜻으로 말씀드린 게 아니라고요."

"학교에서 힘든 일이라도 있었니? 아니면 시험을 망치기라도 한 거야?"

"제대로 들어 주세요, 아버지. 저는 의사가 되고 싶지 않아요. 저는……"

마지막이라고 생각하고 뱉은 말이었다. 그러나 그 말들은 그에게만 강렬하게 느껴졌던 건지, 다들 그의 말을 듣고도 투정 이상은 아니라는 듯 아무렇지 않은 표정으로 반응했다.

"이맘때쯤이면 힘들 때도 됐죠. 저도 고등학교 처음 들어갔을 때 잘하는 애들이 너무 많아서 의대를 포기하고 싶었거든요.”

“해원아, 형 좀 봐라. 형도 그렇게 생각했지만 결국 의대에 들어갔잖니. 아직 초반이야. 조금만 더 힘내서 공부해 보자, 응?”

그의 가족은 애초에 그가 의사 외의 꿈을 가질 거라고는 상상조차 하지 못했다. 다른 꿈을 말해 봤자 그저 힘든 현실을 외면하기 위해 만든 회피책일 뿐이라 여길 것이다. 바로 지금처럼.

“내일은 우리 해원이가 좋아하는 갈비 먹으러 갈까? 아무래도 해원이가 많이 힘들어하는 것 같은데.”

“그래요, 여보. 내일 저녁은 밖에서 먹자.”

부모님은 그의 대답을 기다리지 않았다. 해원은 자신이 좋아하는 음식이 정말로 갈비라는 사실에 기뻐해야 할지 슬퍼해야 할지 구분이 되지 않았다. 그가 뭘 좋아하고 싫어하는지 그를 키운 부모님이라면 속속들이 알 텐데, 그가 되고 싶은 게 의사가 아니라는 사실 하나를 알아채지 못한 것이 그리 원망스러울 수가 없었다. 아니, 사실 알아채지 못한 것이 아니라 알아채지 않으려 한 것이리라.

* * *

김해원은 월요일의 점심시간이 반 정도 지나고 나서야 찾아왔다. 마중을 나오던 나는 그의 표정을 보고 그 자리에서 곧장 걸음을 멈추었다. 그의 얼굴에 드리운 우울감은 단순히 무기력 때문이라고 보기에는 어려울 정도로 더욱 짙어져 있었다.

"저기, 혹시 무슨 일 있었어? 표정이……."

"상담실에서 말할게. 일단 들어가자."

나는 부실에 있는 혜성에게 들어간다는 말을 건네며 안으로 들어갔다. 의자에 앉으라고 말하기도 전에, 김해원은 지쳐 쓰러지듯 털썩 의자 위에 앉았다.

"그래서, 결론은 내렸……."

"최면이든 뭐든, 방법이 있다면 상관없어. 내가 소설가를 꿈꿨다는 기억 자체를 지워 줘."

그 말을 끝으로, 그는 침묵을 지킴으로써 나와 그 사이에 차마 손을 댈 엄두도 나지 않는 날카로운 벽을 세웠다. 나는 혜성에게 흘깃 눈짓을 건넸다. 어서 그의 이야기를 먹으라는 신호였다.

혜성은 김해원에게 다가가 잠깐 고개를 들라고 말하며 자신의 눈을 가리켰다. 둘의 눈이 마주친 순간, 혜성의 눈이 붉은빛으로 타올랐다. 그와 도서관에서 마주쳤을 때가 떠올랐다. 그때도 그의 눈동자는 지금과 똑같은 색으로 타오르고 있었다. 김해원은 그 눈을 한참이나 멍하니 바라보더니 이내 앞으로 고꾸라져 책상 위로 얼굴을 처박았다. 혜성의 눈동자 색은 변한 적도 없었다는 듯 금방 갈색으로 돌아왔다. 큰일이 난 건 아닌가 싶어 급히 김해원의 어깨를 붙잡고 흔들자, 애초에 기절한 적도 없었던 것처럼, 김해원은 어깨를 잡은 게 무색할 정도로 금세 몸을 일으켰다.

"괜찮아? 너 쓰러졌었어!"

"어, 응? 아, 괜찮아. 어, 근데 여긴 어디야? 학교에 이런 곳도 있었어?"

"너, 고민 상담하러 여기 왔었어. 방금 임혜성이 최면으로 해결해 줬고."

"최면으로? 그게 돼?"

"여기, 네가 금요일에 상담한 내용을 작성한 기록이야. 자, 네 서명도 있지?"

혹시나 자세한 내용을 보면 기억을 떠올릴까 싶어 나는 다른 종이로 상담 내용만을 가린 채 그에게 상담 기록지를 보여 주었다.

"내게 고민이 있었다니, 전혀 기억이 안 나. 무슨 고민일지 감도 안 오는데."

"네가 우리한테 고민을 지워 달라고 부탁했거든. 잘 해결된 모양이네. 이제는 괜찮다니 다행이다."

이제 그의 얼굴에서는 어떤 우울한 기색도 찾아볼 수 없었다. 그러나 나는 마냥 해맑아 보이는 그 얼굴을 보면서도 도저히 개운한 마음이 들지 않았다. 꿈을 잊어버렸다는 것도 모른 채로 살아가는 것이 정말 그를 위한 것일까.

"그럼, 끝난 거지? 난 이만 가 볼게. 점심시간 곧 끝나겠다."

시계를 보니, 점심시간은 고작 십 분 정도 남아 있었다. 아직 사서 일 다 못 끝냈는데. 급하게 일을 처리하기 위해 사서 자리에 앉아 서류를 쓰고 있는데, 혜성은 내 속도 모르고 뜻 모를 말을 옆에서 중얼거렸다.

"너무 걱정하지 마."

"너는 이 많은 서류를 보고도 그런 소리가 나오냐?"

"서류 말고, 김해원 문제. 사실 비슷한 경우를 몇 번 본 적 있거든."

종이 위로 휘갈겨지던 펜이 멈췄다. 비슷한 경우?

"내가 먹은 건 하나의 이야기야. 그가 소설가를 꿈꾸기 시작하고, 꿈을 위해 노력하고, 마침내는 꿈을 포기하지만, 도저히 견딜 수가 없어서 상담실까지 찾아온 이야기."

"나도 알아. 근데 그건 갑자기 왜?"

"나는 그의 기억 전부를 먹은 게 아니야. 그러니까, 그런 기억을 먹는다고 해서 그가 갑자기 글을 못 쓰게 되거나 싫어하게 되는 게 아니란 소리야."

그러니까 김해원은 자신의 꿈이 소설가라는 것만 잊어버린 거지 자신의 소질이나 재능을 잃어버리지는 않았다는 뜻이다. 그게 남아 있는 한, 계기만 주어진다면 그는 금세 원래의 꿈을 되찾게 될 것이다. 이게 그가 하고 싶은 말이겠지.

"좋은 일일지 나쁜 일일지 모르겠지만, 꿈을 포기하지 못해 괴로워할 정도면 금세 다시 소설가를 꿈꾸게 될

거야."

그 말에서 나는 출처 모를 안도감을 느꼈다. 내가 우울해 보여서 나름 위로해 주는 건가. 혜성은 남은 점심시간 내내 내 업무를 도왔다. 괴물인 걸 모른 채로 만났다면 꽤 좋은 친구라고 생각했을 정도로 혜성은 친절하고 예의가 바른 애였다. 이대로만 흘러가면 의외로 평화로운 일상을 보낼 수 있지 않을까.

그래, 나는 그때 함부로 그런 생각을 하지 말았어야 했다.

3. 갑자기 나타난 부원

고민 상담부는 점점 북적이기 시작했다. 김해원이 고민 상담부가 자신의 고민을 말끔히 해결해 줬다며 입소문을 낸 것도 그 이유 중 하나였다. 오늘 하루도 그렇게 평범하게 바쁜 날 중 하나일 줄 알았다. 부실 문을 열려는 찰나, 도서관 문 근처에서 갑작스러운 어수선함이 느껴졌다.

"저기, 혹시 고민 상담부가 어디야?"

옆 반의 윤소원. 입학하기도 전에 무당 딸이라는 게 알려져 유명해진 애였다. 그 애는 양손에 언뜻 보기에도 무시무시한 부적을 들고 이쪽으로 다가오고 있었다.

"어, 내가 부장인데."

불길한 예감이 스치는 그 순간, 귀 옆으로 쌩하는 소리와 함께 그녀가 들고 있던 부적이 스쳐 지나갔다. 혜성이 있는 쪽을 향해서.

"쟤, 너희 부원 맞지?"

임혜성이 사람이 아닌 걸 알고 있는 건가?

"너, 거기 뒤에. 너 뭐야?"

"어, 음, 나?"

혜성 옆에 있던 벽에는 윤소원이 날린 부적이 박혀 있었다.

"윤소원, 뭐 때문에 그러는지는 모르겠는데, 여긴 도서관이거든. 소란 피우지 말고 일단 임혜성이랑 부실로 들어와서 이야기해."

윤소원은 외투 주머니에 대충 부적을 집어넣고 순순히 별실로 들어갔다. 물론 계속 살기등등한 눈빛으로 임혜성을 노려보긴 했지만.

"그래서, 임혜성한테는 무슨 볼일이 있는 건데?"

"너, 쟤한테서 당장 떨어져. 쟤 사람 아니야. 위험한 괴물이라고."

"알았으니까, 진정해. 일단 앉아."

상담실

"뭐야? 너, 설마 나 못 믿어? 내 감은 확실하다고. 재, 당장 퇴치해야 해."

아니, 감 뛰어난 건 알겠으니까, 제발 진정하라고. 일단 모르는 척 발뺌하면 알아서 물러나 주지 않을까.

"누구 마음대로 퇴치야. 사람 앞에 부적을 들이밀고 그러는 거, 예의 없다고 생각하지 않아?"

내가 말을 끝마치기도 전에, 윤소원은 이상하단 눈빛으로 혜성과 나를 번갈아 보았다. 그러고는 동그래진 눈동자로 나를 바라보고 기가 찼는지 허, 하고 숨을 내뱉었다.

"너, 얘 괴물인 거 아는구나?"

방금까지 혜성을 향하던 살기 어린 눈빛이 나를 향해 돌아섰다. 그러자 혜성은 그녀에게 먼저 말을 걸었다.

"그러니까, 날 퇴치하러 왔다고?"

"뭐야, 본인은 순순히 인정하네? 그래서, 내 손에 죽어라도 주게?"

"뭐, 기회는 줄게. 자, 여기. 마음껏 붙여 보든가."

재는 또 왜 저래. 계속 기세등등하던 윤소원도 당황할 정도로 충격적인 발언이었다. 윤소원은 흉흉해 보이는 부적 서너 개를 한꺼번에 임혜성의 손에 붙였다. 그러나 웬일인지 전부 붙인 뒤에도 그의 손에는 아무런 일도 일어나지 않았다.

"뭐, 뭐야. 분명 인간이 아닐 텐데, 왜 부적이……"

"무당도 아닌 어설픈 돌팔이한테 당할 정도로 약한 괴물은 아니라서."

혜성은 자신의 손에 붙은 부적을 반대편 손으로 쥐어뜯더니 바닥을 향해 던졌다. 내던져진 부적을 바라보는 윤소원의 표정은 말 그대로 가관이었다.

"신내림도 아직 안 받았네? 무당 기질이 있어 보이지도 않고 퇴마가 제격도 아닌 것 같은데, 왜 그러고 다니는 거야?"

비아냥대는 말에 윤소원은 온몸으로 씩씩대며 임혜성에게 달려들었다. 혜성은 살짝 몸을 틀어 달려오는 윤소원을 피하더니 부적을 쥔 그녀의 양손을 잡아챘다.

"그만 포기하지? 가망 없는 것 같은데."

"화괴 자식. 누가 이야기 먹고 사는 애들 아니랄까 봐 입 한번 제대로 놀리네."

화괴라는 단어가 윤소원의 입에서 언급되는 순간, 한

창 여유를 부리던 혜성의 표정이 차갑게 굳었다.

"너, 내가 화괴라는 건 어떻게 알았어?"

"애초에 네가 괴물이라는 걸 내가 어떻게 알았을 것 같은데? 고민이 해결되다 못해 아예 고민을 잊은 애가 있다길래, 단번에 화괴인 줄 알았지. 애석하게도, 나는 감으로만 괴물을 찾을 정도로 실력이 좋진 못해서."

아까는 감이라며. 혜성은 평소 짓던 온화한 미소와는 전혀 상반되는, 입꼬리가 한껏 뒤틀린 웃음을 지어 보이며 그녀의 손목을 놓아주었다.

"퇴마사가 제격이 아니라는 말은 취소할게. 유명하다는 퇴마사들도 결국 내가 무슨 괴물인지 알아내진 못했거든."

"괴물 자식한테 그런 칭찬 들어 봐야 기쁘지도 않아."

"그건 아쉽네. 화괴같이 거의 알려지지 않은 괴물도 알다니, 너, 많이 공부했구나?"

윤소원은 기가 찼는지 허, 하고 한숨을 쉬더니 구석에 있던 의자를 끌어왔다. 그러고는 그 위에 털썩 앉은 채 혜성을 한참이나 노려보다가 아까보다 누그러진 눈빛으로 나를 바라본 채 어물쩍거리다 난동을 피운 데에 대한 사과를 건네왔다.

"네가 부장이라고 했지? 실례가 많았어. 민폐 끼쳐서 미안해."

"알았다니 다행이네. 그러니까, 이만 나가 줄래?"

"저기, 나도 고민 상담부에 들어가면 안 될까?"

뭐라고요?

"아무래도 괴물을 감시할 역할은 한 명 필요하지 않겠어? 얘가 괴물이라는 건 누구한테도 말 안 할게. 그러면 됐지? 너희가 무슨 생각으로 고민 상담부를 차렸는지는 모르겠지만, 혹시나 괴물이 선을 넘는 행동을 하면 내가 제지할게."

혜성이 달가워하지 않을 텐데, 라고 생각하며 그를 쳐다보자, 의외로 그는 나쁘지 않다는 듯 생긋 웃었다.

"세월아. 얘한테 잡일 다 시키면 되겠다. 일꾼으로 써먹기 딱 좋네, 그렇지?"

싫어하는 애한테는 진짜 가차 없구나.

"그럼, 허락해 주는 거지?"

"허락은 둘째 치고, 왜 고민 상담부에 들어오려는 건데? 다른 좋은 동아리도 많잖아."

그러고 보니, 얘는 학기 초에 무당 딸로 소문이 나서 주변에 사람이 없었지. 그래서 다른 동아리에 못 들어간 건가.

"우리 학교에 괴물이 있다는 걸 안 이상, 일단은 가만있을 수가 없잖아."

저런. 들어갈 동아리가 없어서 아직 찾고 있던 거였구나. 그래, 들어와라.

"그래, 그럼. 부원 명단에 네 이름도 넣을게."

"고마워. 그리고 왜 너같이 친절한 애가 저런 괴물이랑 다니는지 모르겠지만, 앞으로는 내가 널 철저히 지켜줄게."

날 지키기 이전에 본인부터 지키는 게 좋을 텐데.

"임혜성. 앞으로는 윤소원이랑 싸우면 안 돼."

"달려든 건 쟤가 먼저인걸."

"도발도 하지 마."

물론 혜성은 괴물이니 마냥 순하기만 할 거라고 생각하진 않았지만, 막상 이런 모습을 보니 한구석에 미뤄두었던 불안함이 다시금 올라오는 기분이 든다.

"근데, 솔직히 말하면 난 상담은 자신 없어."

"어차피 시킬 생각도 없었어. 상담은 보통 내가 하거든. 앞으로 너는 별실 정리와 상담 기록 정리를 맡게 될 거야. 이 정도는 괜찮지?"

윤소원은 내 말끝마다 응, 또는 당연하지, 라는 말을 해 가며 한껏 긍정의 의사를 내비쳤다.

"그럼, 앞으로 잘 부탁할게. 도서관에는 언제 오면 되는 거야?"

"우리 동아리는 점심시간과 저녁시간이 활동 시간이야. 밥 빨리 먹고 도서관으로 오면 돼."

"아, 그건 자신 있어! 나 친구 없어서 밥 금방 먹거든."

그걸 그렇게 해맑게 말하지 말라고. 이유는 모르겠는데 갑자기 눈물이 나네. 당시에는 이 결정을 그리 달갑게 여기지 않았지만, 지금 생각해 보면 그녀를 동아리에 들인 건 좋은 선택이었다. 그녀는 조금 어리숙해 보여도, 생각 외로 고민 상담부에 큰 도움이 되었으니까. 물론 그걸 깨닫는 건 조금 훗날 일이다.

4. 짝사랑은 원래 고달픈 법이다

갓 고등학생이 된 아이들의 고민은 크게 몇 가지로 나뉜다. 학업 문제, 친구 관계, 더 깊게는 진로 문제까지. 하지만 그중에서도 가장 많은 건 역시나 연애 문제다. 그러나 누굴 좋아한다는 걸 친구에게 함부로 털어놓기에는 부담스러울 수밖에 없다. 그래서 그런지, 고민 상담부로 연애와 관련된 고민을 들고 찾아오는 학생도 꽤 있다.

"사랑 이야기는 정말 탐나긴 하는데, 말 그대로 그림의 떡이란 말이야."

"그림의 떡?"

"이야기의 맛은 그 사람이 이야기에서 어떤 감정을 느꼈는지에 따라 달라지거든. 사랑만큼 인간이 다양한 감정을 표출하는 일도 없으니까."

정말 그렇다면, 그가 내 기억을 먹는다면 제대로 된 맛은 느끼지 못하겠지. 만약 누군가가 사랑과 관련된 기억을 지우고 싶어 찾아오면 난리가 나겠군.

"부장, 손님 왔어."

"부장은 뭐고, 손님이란 호칭은 또 뭔데. 그냥 이름으로 불러."

괴물인 혜성한테는 그렇게 사나우면서, 처음에 째려본 걸 빼면 나한테는 지나칠 정도로 숙이고 들어온단 말이지. 이곳을 찾아온 손님, 아니 학생은 어리둥절한 눈빛으로 소원과 나를 번갈아 쳐다보다 조심스레 내게 말을 걸어왔다.

"여기가 고민 상담부 맞지? 고민이 있어서 왔는데."

내가 녹차 티백이 있는 곳에 손을 가져다 대기도 전에, 소원은 얼른 커피포트와 종이컵을 집어 차를 끓일 준비를 했다. 손님, 아니 내 앞의 이 애는 분주하게 움직이는 소원이 신기한지 잠깐 그녀를 쳐다보더니 얼마 지나지 않아 말을 꺼냈다.

"좋아하는 사람이 있는데, 주변에 말하긴 좀 그래서

이곳에 상담하러 왔어."

이 애의 이름은 유해람. 그녀의 고민은 같은 반 남자애를 짝사랑한다는 거였다. 그녀가 좋아하는 남자애는 남들과 같이 다니는 일은 드물지만, 공부는 물론 운동도 잘해서 반 내에서 꽤 인기가 있다 한다고 했다. 잠깐, 좋아한다는 게 설마 임혜성은 아니겠지.

"음, 혹시나 해서 물어보는 건데, 우리 동아리 애는 아니지?"

"아, 임혜성은 아니야. 그랬으면 내가 여기에다 이야기하지는 않았겠지."

듣던 중 다행이었다. 그녀의 말에 따르면 그는 여자친구가 있는 것 같지는 않았다. 이름을 언급하지 않는 걸 보면, 아무래도 자신이 누굴 좋아하는지는 말할 생각이 없는 듯했다.

"난 걔를 좋아하지만, 그 애 눈에 내가 차지 않을 걸 알아. 그래서 포기하고 싶은데, 여자친구가 없다는 말에 나도 가능성이 있지 않을까 하는 이상한 기대가 계속 생겨서……."

대충 보아도 그녀는 자존감이 많이 떨어진 상태였다.

소원은 옆에서 방금 끓인 녹차를 건네며 중간중간 추임새를 넣었다.

"에이, 이상한 기대는 무슨! 골키퍼도 없는데 그런 생각 할 수 있지."

"골키퍼가 없다고 내가 골을 넣을 실력이 되는 건 아니니까."

"원래 그런 건 해 보기 전까지 모르는 거야."

"윤소원 말도 일리는 있어. 혹시 걔랑 말은 자주 해 봤어?"

"내 옆자리라 서로 이야기는 자주 해. 친구라고 할 만한 사이인지는 모르겠지만."

옆자리고 서로 이야기도 자주 하는 데다 심지어 남자애 쪽은 여자친구가 없는 상황이라니.

"들은 내용만 보면 가능성 있는데, 자신감을 가져도 좋지 않을까?"

"내 친구가 걔한테 고백했다가 차였거든. 근데 연애에 관심 없다고 거절했대. 앞으로 어떻게 해야 할지 모르겠어서…… 가망이 없다면 어떻게 포기해야 할지 상담받고 싶어서 왔어."

방 밖에서 누군가의 반짝이는 시선이 느껴진다. 혜성은 사랑 이야기가 상당히 맛있다고 했으니, 만약 그녀가 그를 좋아한 기억 자체를 지우길 원한다면 임혜성한테는 상당한 행운이다.

"그래도, 일단은 좋게 생각해 보자. 걔가 너와 잘되지 않을 이유는 딱히 없잖아? 지금은 시간이 얼마 안 남았으니까 오늘 상담은 여기서 끝내자. 제대로 조언 못 해 줘서 미안."

"괜찮아. 난 도움 많이 됐는걸. 그럼, 다음에 다시 찾아올게."

부실에서 나오자마자 이쪽을 바라보고 있던 혜성과 눈이 마주쳤다. 무의식중에 느꼈던 시선을 직접 마주하니, 그가 얼마나 이 이야기를 탐내고 있는지 알 것 같았다.

"상담은 끝났어?"

"응. 시간이 모자라서 충분한 상담은 못 해 줬지만. 아마 다음에 또 찾아올 것 같아."

"그럼, 다음 상담은 내가 맡으면 안 될까?"

"너, 저 이야기가 먹고 싶어서 수작을 부리려는 건 아니지?"

"솔직히 말하면 그런 생각을 아예 안 한 건 아니지만, 안 그럴 거야. 난 그냥, 쟤가 좋아하는 남자애가 누군지 알 것 같아서. 나랑 같은 반이거든."

그러고 보니, 반을 안 물어봤네. 인적 사항에 적으려면 물어봤어야 하는데.

"쟤 옆자리면 아마 지세진일 거야. 일부러 들으려고 한 건 아닌데, 밖으로 새어 나온 이야기를 들어 보면 걔 얘기가 맞는 것 같고."

"밖에서 들렸어? 방음벽이라도 장만해야 하나. 그나저나, 걔랑 친해?"

"말은 그래도 꽤 해 봤어."

"듣자 하니 걔도 단짝 친구가 없다고 하던데, 왜 그런지 알아?"

"단짝 친구만 없는 거지, 반 애들이랑은 늘 잘 어울려 다녀. 공부 욕심 때문에 공부하는 데 시간을 많이 쓰다 보니 놀 시간이 잘 안 난다고 하더라고."

공부 욕심이 많다는 건 그만큼 다른 일에 신경을 쓸 시간이 없다는 거다. 그런 애가 가벼운 마음으로 연애를 하진 않을 것 같은데. 어째 점점 가망이 사라진다.

“내가 지세진 마음 한번 떠볼게. 대신 다음 상담은 내가 맡게 해 주라, 응?”

“만약 유해람이 괜찮다고 하면 참관 정도는 허락할게. 어디까지나 유해람이 괜찮다고 말했을 때야.”

“뭐, 그 정도면 만족해. 이따 쉬는시간에 한번 떠보고 결과 알려 줄게, 알았지?”

그도 살아온 시간이 있으니 웬만하면 알아서 잘하겠지만, 혹시나 돌직구를 날리지 않을지 불안감이 가시지 않았다. 그러고 보니, 다음 쉬는시간이랬지. 마침 혜성의 반은 우리 옆 반이고, 잘하면 현장을 몰래 볼 수 있지 않을까.

5교시가 끝나기 무섭게, 나는 손걸레를 들고 몰래 교실을 빠져나와 복도에서 옆 반 창틀을 닦는 척했다. 막 수업이 끝나 어수선해진 옆 반 학생들의 말소리가 들려왔다. 얼마 지나지 않아 누군가와 말하고 있는 혜성의 목소리를 가려낼 수 있었다.

“그 부분은 함정이야. 사실은 이 방식을 쓰면 더 쉽게 풀 수 있는데…….”

“아, 이걸 못 봤네. 알려 줘서 고마워. 계속 막혀서 곤란했거든.”

모르는 문제를 알려 주면서 접근한다니, 진짜 전교 1등다운 방법이다.

"네 짝도 수학 잘하지 않아? 혹시 별로 안 친해?"

"아냐, 나름 친해. 얘기도 자주 나누는걸. 안 그래도 걔한테도 물어보려고 했는데, 종 치자마자 금세 사라지더라고."

"남녀 짝이 그렇게 친하게 지내는 경우는 드물지 않아? 나만 해도 내 짝이랑 어색한데."

"굳이 친한 데 남녀를 구분할 필요는 없잖아. 대화만 잘 통하면 되는 거지."

친하다는 사실 자체는 관계의 진전이 가능하다는 걸 의미하는 좋은 징조였다. 그렇다고 앞날이 무조건 긍정적이라는 건 아니지만. 수업을 시작하는 종이 치기 전, 행여나 혜성에게 들킬까 봐 뒤도 돌아보지 않은 채 후다닥 반으로 돌아왔다. 부디 혜성이 속내를 들키지 않은 채 무사히 그의 생각을 알아보길 바라면서.

* * *

"가능성 없어."

"너 그러기야?"

그의 말에 따르면 지세진은 유해람을 그저 친구라 말했다고 한다. 거기까지는 나도 들은 내용이다. 문제가 있다면, 그 외에 다른 감상 없이 그녀를 정말 친한 친구로만 생각한다는 거였다.

"친하다고 했다며. 충분히 가능성이 있다는 거 아냐?"

"친구로 여기는 거랑 연애 감정을 느끼는 건 별개의 문제지. 친한 사이에서 연인으로 넘어가기야 쉽지. 그런데 이미 '친구'로 정의했다? 그럼 어려워. 뭐, 나는 걔랑 별로 안 친하니 무마하려 그렇게 말했을 수도 있지만. 그렇다기에는 표정에 별로 당황하는 기색이 없었는걸."

"유해람 쪽에서 먼저 표현하면 가능성이 있을지도 모르잖아. 처음부터 서로 반하는 경우가 현실에 있겠어?"

"표현을 안 했잖아. 앞으로도 안 할 거고. 본인부터 가능성이 없다고 말하고 있는데, 저 둘이 이루어지겠어?"

"그건 유해람을 설득하면 해결되는 문제 아니야?"

그의 말도 맞는 말이긴 하지만, 그렇다고 해서 내 말이 틀린 건 아니다. 먼저 표현하면 저쪽에서 관심이 생길 수도 있을 거라고 유해람에게 조언해 주면, 그녀는 용기를 내게 될지도 모른다. 혜성도 이 말에 대해서는 딱히 반박할 생각이 없는지 그건 그렇지, 라며 짧게 긍정하는 말을 남겼다.

"그건 그렇고, 오늘 저녁에 유해람이 올 줄 알았는데 왜 올 기색이 없……."

말을 끝마치기도 전, 도서관 문이 열리며 생기는 마찰음이 들려왔다. 유해람도 양반은 못 되는구나 싶어 그쪽을 향해 고개를 휙 돌렸을 때, 나는 전혀 예상하지도 못한 손님의 등장에 그 자리에서 굳어 버렸다.

"음, 내가 바쁠 때 온 건가? 상담 지금 가능하지?"

교복 외투에 걸린 이름표가 눈에 들어왔을 때, 나는 대체 이 상황을 어떻게 받아들여야 하나 판단이 서지 않았다. 지금 우리 앞에 서 있는 이 남자애는, 방금까지 우리가 열을 내며 토론한 이유였던 지세진 본인이었다.

"당연하지. 자, 일단 별실로 들어와. 여기가 상담실이거든."

혜성은 상담 내용을 밖에서 들었던 전력이 있었기에, 부실에 들어가기 전 작은 목소리로 절대 엿듣지 말라는 당부를 했다.

"어쩔 수 없어. 나는 인간보다 감각이 훨씬 좋은 편이라, 저절로 듣게 되는걸. 일부러 엿들은 게 아니야."

"그래도 노력해 봐, 알았지?"

나는 얼른 부실 문을 닫고 지세진을 앞에 놓인 의자에 앉힌 뒤 기록지를 꺼냈다.

"그래서, 뭐가 고민인데?"

"좋아하는 사람이 있는데, 가능성이 없어서 포기해야 하나 고민 중이야."

그 말을 듣는 몇 초도 안 되는 시간 동안, 나는 머릿속으로 유해람과 지세진을 주인공으로 한 로맨스 소설 한 편을 쓰고 있었다. 설마, 지세진이 좋아하는 사람이 유해람인가?

"좋아하는 여자애랑은 친해?"

"말은 자주 해 봤어. 뭐, 그렇다고 가능성이 있는 건 아니지만."

"관심이 있는지 없는지 아는 것도 아니잖아. 가능성이 없다고 생각하는 이유가 뭐야?"

"예전에 물어본 적이 있었거든. 혹시 연애에 관심은 없냐고. 자기는 졸업하기 전까지는 절대 연애 안 할 거라고 그러더라."

지세진이 유해람한테 대놓고 그런 질문을 던졌는데, 거기서 유해람이 그런 반응을 했다고?

"여자애는 어떤 애인지 물어봐도 돼?"

"같은 동아리에서 만났어. 처음 만났을 때부터 말이 잘 통했는데, 금방 좋아지더라고."

지세진이 연애에 관심이 없을지도 모른다는 생각은 했지만, 정작 좋아하는 사람이 따로 있을 거라는 생각은 하지 못했다. 어쩌면 가장 먼저 따졌어야 하는 가능성임에도.

"처음에는 연애에 관심이 없다고 해도, 네가 그 애한테 관심을 표하면 뭔가 바뀔 수도 있잖아? 원래 서로 동시에 좋아지는 경우는 별로 없어. 한쪽이 먼저 관심을 보이는 게 모든 것의 시작인걸."

속은 유해람 때문에 타들어 가는데, 그를 향해 조언을 건네는 입은 쉴 새 없이 너불댔다. 원래는 유해람에게 해 줄 말이었는데. 머리와 입이 서로 따로 놀았다. 죄책감이 느껴질 정도로 어색하고 이질적인 기분이었다.

"나, 사실 걔 대답을 듣고 의기소침해 있었거든. 그래서 표현하기는커녕 먼저 말을 꺼내기도 힘들어지더라고. 그 말을 듣고 나니까 조금 용기가 생긴 것 같아."

만약 내가 유해람을 상담할 때 똑같은 대답을 듣게 된다면 어떤 기분이 들까. 가능성이 있을 수도 있는 짝사랑과 없다는 걸 아는 짝사랑을 동등하게 상담해 주는 게 맞는 걸까.

"도움이 됐다니 다행이네. 여기에 서명하고 나가면 돼. 기록은 아무한테도 공개 안 하니까 안심하고."

그는 아까보다 한결 가벼워진 표정으로 살짝 고개를 숙이며 감사 인사를 표했다. 그 표정을 보는 내 마음은 그와는 반대로 점점 무거워졌다. 수면 위를 향해 바닷속에서 천천히 떠오르고 있다고 생각했는데, 갑자기 찾아온 물보라가 머리를 바닥으로 내리꽂은 기분이었다.

"표정이 많이 안 좋네."

언제 온 건지 모르겠지만, 혜성은 어느새 내 옆자리에 앉아 머리칼을 쥐어뜯는 내 얼굴을 빤히 바라보고 있었다.

"미안. 사실 들어 버렸어. 최대한 안 들으려고 도서관 구석에 서 있었는데, 그래도 들리긴 들리더라."

도대체 유해람에게 내가 해 줄 말이 뭐가 있을지 떠오

르지 않았다. 슬쩍 오른쪽으로 고개를 돌려 혜성을 바라보자, 그는 걱정스러워 보이는 얼굴로 어느새 흘러내린 내 머리칼을 조심스레 올려 주었다. 그 순간마저도 정말로 그가 나를 걱정하긴 하는 걸까 의심부터 들었다. 그렇게 오래 살았으면서, 그리고 사람에게 배척당하면서 살았으면서 정말로 사람을 걱정할 수 있긴 한 건지.

"무슨 생각 해?"

"내가 너를 잘 모른다는 생각."

"전교생 중에서는 네가 나를 가장 잘 아는 사람일걸."

맞는 말이긴 한데, 어딘가 초점이 흐려진 말에 웃음만 나와 피식하고 숨을 뱉었다.

"너 웃는 모습, 처음 보는 것 같아."

"확실해?"

"아닐 수도. 근데, 너 평소에 표정 변화 없는 건 맞잖아."

"네가 보기에도 그래?"

기쁨이라고는 전혀 담기지 않은, 어이가 없어 무의식적으로 나온 반응이었다. 그런데도 그는 그걸 웃음이라며 내 말꼬리를 붙잡았다.

"상담하는 것만 보면 진짜 전문가 같은데 말이야."

"많이 노력했거든."

공감하지 못해도 상담은 가능하니까. 이 애가 어떤 기분인지. 왜 그런 건지. 그래서 뭐가 필요한 건지. 그것만으로 충분하다. 고민을 해결할 수 있는 건 위로가 아닌 해결책이니까.

"좋아하는 애가 누군지 조사해 볼까?"

"관둬. 더 깊이 들어갔다가는 파국이야. 음, 유해람을 포기시켜야 하나."

"네 말을 듣고 생각해 봤는데."

그는 내 눈높이를 맞추기 위해 책상 위로 엎드린 채 나를 빤히 바라보았다.

"어쩌면 안 지우는 게 나을지도 몰라."

이야기를 먹고 싶어서 안달 나 있을 줄 알았는데, 내 쪽이 포기하려 하니 오히려 포기하지 말라고 조언하는 모습이 당황스러웠다.

"가능성이 있을지 없을지 이것만으로는 모르잖아. 지세진의 짝사랑이 금세 끝날 수도 있고, 걔 짝사랑 상대도 좋아하는 사람이 있을지 누가 알아."

"처음에는 분명 가능성 없다고 했잖아. 왜 그런 생각

을 했어?"

"아까 네 얘기를 듣고, 아예 가능성 없지는 않다는 생각을 했어."

혜성은 부끄럽다는 생각이 들 정도로 내 눈을 빤히 바라보고 있었다.

"네 상담을 듣고 그 생각이 굳어졌고."

이 말을 거짓이라고 생각하고 싶지 않다. 나는 그 눈빛에 응수하듯 덩달아 그의 눈을 빤히 쳐다본 채로 차마 내가 할 거라고는 전혀 생각지도 못한 부탁을 입에 담았다.

"유해람 상담, 네가 할래? 유해람이 괜찮다고 말하면."

"네가 그런 말을 먼저 꺼낼 줄은 몰랐는데."

나도 생각 못 했어, 라고 말하려던 찰나, 어디선가 묘한 시선이 느껴져 문 쪽을 향해 고개를 돌렸다. 그곳에는 양손에 낯선 부적을 든 채로 이쪽을 겨냥하고 있는 소원이 있었다.

"너, 이 괴물 자식……."

"나 아무 짓도 안 했어."

"거짓말 마! 방금 세월이한테 작업 걸었잖아!"

작업? 아, 그렇게 보일 수는 있겠다. 머리카락도 쓸어

넘기고, 눈높이를 맞추려고 고개까지 숙이고. 난 그렇게 느끼진 않았지만.

"내가 너한테 작업 걸었어?"

"다른 사람이 보기에는 그럴 수도 있겠다는 생각은 들어."

"그럼 조심해야겠네. 그래, 내 잘못이다. 사과할게."

만약 우리 말고 다른 애들이 이런 행동을 한다면 작업이었을지도 모르지. 하지만 나는 이미 그의 붉은 눈을 봐 버렸는걸. 설령 그가 인간이라고 하더라도, 애초에 나는 누구를 좋아하기에는 글러 먹었기도 했고. 다행히도, 혜성의 사과 아닌 사과 덕에 소원은 금세 진정했다.

저녁시간이 끝나갈 때 즈음, 우리가 기다리던 사람이 도서관을 찾아왔다. 나는 혹시 임혜성이 나 대신 상담을 맡아도 될지 유해람에게 물어보았다. 유해람은 허락했지만, 이전에 상담해 준 내가 있어야 안심된다는 이유로 내 참관을 조건에 붙였다.

"고민은 그거였지? 짝사랑을 포기해야 할지 말지."

상담 내내 그가 유해람에게 꺼낸 말은 내가 지세진에게 건넨 말과 별다를 것이 없었다. 그러나 마지막에, 그는 내가 했던 이야기와는 전혀 다른 조언 하나를 건넸다.

"우리는 네 짝사랑이 이루어질 수 있을지 판단할 수 없어. 그건 너도 잘 알고 있지?"

"응."

"그걸 판단해야 하는 사람은 너야. 직접 부딪쳐 보고 판단해. 가능성이 있는지 없는지 알아내는 일도 충분히 가치가 있을 테니까."

이전의 조언이 '이루어질 수 있을 거다'라는 희망에 초점이 맞춰져 있었다면, 지금은 유해람의 짝사랑 자체에 초점을 맞추고 있었다.

"너한테는 실례되는 말일 수도 있지만, 짝사랑이 이루어지지 않는다고 해서 그게 가치가 없는 감정은 아니잖아."

그리고 그 조언은 사랑 이야기를 맛있다고 표현한 그 이기에 전해 줄 수 있는 말이었다.

"네 덕분에 용기가 생긴 것 같아."

"그랬다면 다행이고."

훨씬 개운해진 얼굴로 서명을 하는 그 모습에 아까의 지세진의 모습이 겹쳐 보였다.

"난 내가 충분히 많은 걸 안다고 생각했는데,"

그러나 정작 성공적으로 상담을 마친 혜성의 얼굴에는 묘한 여유마저 감돌았던 아까와는 달리 우울감이 맴돌았다.

"단순히 이야기를 먹는 게 아니라, 이렇게 사람으로서 사람들이랑 부딪쳐 살아가 보니 얼마나 편협한 생각이었는지 알겠네."

"사람들과 어울려 살았다고 하지 않았어?"

"보통은 사람들과 접촉이 적은 직업을 택했거든. 사람과 너무 가까이 지내면 오히려 살아가기 힘드니까."

생각보다 복잡한 삶을 살았구나. 나는 그가 지금처럼 몰래 사람들 사이에 녹아들어서 이야기를 먹으며 살아온 줄 알았는데.

"너를 알기가 참 어려워."

"그렇게까지 말한 것도 네가 처음이야."

이야기를 탐냈던 혜성은 아무런 정작 소득도 얻지 못했지만. 그런데도 웃고 있는 그를 보니 그가 이야기를 먹는 데만 집착하는 사람, 아니 괴물은 아니지 않을까 하는 생각이 들었다.

5. 무엇도 되지 못한 이야기 _ 1

고민 상담부에 누가 찾아오는 일이 거의 사라졌을 즈음, 드디어 중간고사 기간이 다가오고 있다는 게 실감이 났다. 우리는 시험 준비를 위해 한동안 휴식기를 가지기로 했다. 동아리 활동 없이 공부로만 보내는 시간은 평소보다 훨씬 빠르게 흘러갔다. 동아리 활동은 없었지만, 모르는 문제를 묻기 위해 종종 혜성을 찾아가고는 했다.

중간고사 기간은 그 시간보다도 훨씬 짧게 느껴졌다. 눈 한 번 깜빡한 것 같은데, 시험이 끝난 건 물론 성적표까지 나와 있었으니까. 역시나 자신 없던 수학 성적이 유독 처참했다.

"세월이 넌 잘 봤지? 수학에서 내가 알려 준 문제 나왔더라. 점수 높은 문제였는데."

그거 틀렸는데. 물어볼 때마다 매번 친절히 알려 줬던 그에게 차마 성적을 알려 줄 용기가 나지 않았다.

"그냥저냥 봤어. 소원이, 넌?"

"다른 건 괜찮은데, 통합과학이 20등이야. 울 엄마가 전 과목에서 한 자리 등수 못 받아 오면 각오하랬는데."

잠깐. 설마, 여기서 내가 제일 공부 못하는 건가?

"갑자기 우울해지네."

"아직 첫 시험이잖아. 좌절하기에는 일러. 성적이 어떻게 나왔기에 그래?"

혜성은 당연히 전교 1등일 테고, 소원마저 잘 봤다는 걸 알고 나니 성적표를 보여 주기가 더 부끄러웠다. 자포자기하는 심정으로 성적표를 꺼내 보여 주자, 둘은 잠깐 그걸 빤히 바라보고 난 뒤 각자 한마디씩 했다.

"이 정도면 괜찮은 편 아닌가? 아, 근데 수학이 좀 그렇긴 하다."

"너무 걱정하지 마. 그래도 나머지는 다 평균 이상이잖아."

"정확히 아픈 곳을 찔러 줘서 고맙다, 다들……."

좀 쉬어야겠다는 생각이 들어 의자에 앉으려던 그 순간이었다. 괴성에 가까운 누군가의, 아마도 남학생의 것으로 생각되는 비명이 창문 너머로 들려왔다.

"뭐야?!"

"뒤뜰 쪽 아냐? 사람이 잘 안 다니는 곳일 텐데."

"그러게. 쥐라도 나왔나? 그런 것치고는 반응이 너무 강렬한데."

얼마 지나지 않아 구급차 소리가 온 학교에 울렸다. 도서관에 있던 학생들도 뛰어나가 상황을 확인했다. 차마 사서 자리를 비울 수 없었던 나는 둘에게 무슨 상황인지 알아봐 달라고 부탁했다. 얼마 지나지 않아, 소원은 비틀거리며 들어오더니 아연실색한 표정을 지은 채 연신 구역질하는 시늉을 반복했다. 곧이어 뒤따라온 혜성의 표정도 그다지 좋지는 않았다.

"뒤뜰에서 자살을 시도한 학생이 발견됐어. 다행히 숨이 붙어 있는 상태에서 발견돼 구조되긴 했지만."

중간고사 직후 자살 기도라니. 이유는 성적 비관인가. 그럼, 아까 들려왔던 그 비명은 자살 시도한 학생을 발견하고 소리를 지른 거였구나. 자살 기도한 학생도 학생이지만, 발견한 학생의 충격도 장난 아니겠다 싶었다. 아니, 생각해 보니 그 학생만 걱정할 건 아니었다. 중학교 시절 읽었던 『젊은 베르테르의 슬픔』이라는 책의 해설 부분에는 당시 책이 출판된 후 청년 자살이 상당수 증가했다는 내용이 있었다. 상대에게 공감한다는 것은 상대가 가진 감정이 당사자에게 전염된다는 뜻이다. 이루어질 수 없는 사랑을 비관한 베르테르가 내린 선택은 자살이었고, 그에게 이입한 많은 젊은이가 베르테르의 뒤를 따라갔다.

한창 사춘기인 십대의 아이들이, 스물네 시간 같이 생활하는 학생 중 한 명의 자살 시도를 직접이든 간접적으로든 목격했다. '베르테르 효과'는 이례적인 일인 만큼 또 다른 자살이 일어난다거나 하지는 않겠지만, 학생들에게 상당한 우울감을 안겨 줄 건 분명해 보였다.

"윤소원은 좀 많이 힘들어 보이네."

"재가 예민한 편이긴 한데, 너도 그다지 정상처럼 보이지 않는데."

"안타깝게 생각해. 하지만 난 전쟁도 겪었는걸. 죽은 것도 아니고, 이런 일 하나로 일희일비하면 이때까지 못

살았지."

하긴 생각해 보니 얘는 나나 소원이 죽어도 대수롭지 않게 느낄 것 같긴 하다. 그동안 혜성이 얼마나 많은 죽음을 보았을지, 나로서는 상상도 되지 않으니까. 아니면 나처럼 처음부터 어딘가 고장 난 채로 태어난 걸 수도 있고.

자살을 기도한 여학생은 친구가 그리 많지 않았고, 평소에도 혼자 있는 시간이 많았다고 한다. 소문은 점점 불어났고, 그 애가 병원에서 돌아오기 전쯤에는 걷잡을 수 없이 커져 있었다.

그날 이후로 일주일이 지났다. 오늘 저녁, 우리는 그 여학생 다음으로 아이들의 입방아에 자주 오르내린 학생을 도서관에서 만날 수 있었다.

"상담하고 싶은 게 있어서 왔는데."

권다경. 자살 시도를 한 여학생의 최초 발견자이자, 숨이 끊기기 전 그녀를 찾아낸 생명의 은인이다. 그를 보는 순간, 우리는 그가 무엇 때문에 찾아왔는지 단번에 알 수 있었다. 그는 말을 꺼내기를 몹시 힘겨워했고, 한참 동안 내 얼굴을 쳐다보지 못했다.

"알다시피, 나는……"

알다시피. 그 단어가 이렇게나 우울하게 느껴지는 날이 올 줄은 몰랐다. 그는 몇 번이고 마른침을 삼키고, 손톱 하나하나를 쥐어뜯고 난 뒤에야 내뱉기 어려운 고민을 말할 수 있었다.

"한 학생이 자살을 시도하는 장면을 목격했어……."

"힘들었겠네……."

"힘들다는 말로는 표현이 안 돼. 잠들 때마다 그 장면이 눈앞에 계속 어른거려. 그때 뒤뜰에 가서 별이를 구할 수 있었다는 건 그나마 다행이지만……."

"별이? 그 학생과는 원래 아는 사이였어?"

"아는 사이라고 하면 아는 사이긴 해."

아는 사이면 아는 사이지, 무슨 사연이 있길래 이렇게 애매하게 표현하는지. 그건 그렇고, 얼굴을 아는 사람의 자살 시도 현장을 목격했다는 건 많이 힘든 일일 텐데, 정말 여기에서만 상담해도 괜찮은 내용일까.

"너, 상담 한 번으로는 안 될 것 같은데. 제대로 상담 치료를 받을 생각은 없어?"

"부모님에게 걱정 끼치기도 싫고, 치료받는다는 소문

이 돌면 주변이 다시 시끄러워지는 게 두려워서…….”

“있잖아, 목격한 기억을 지울 수 있다면 그렇게 할 거야?”

그는 내 말에 화들짝 놀라며 정말로 그게 가능한지 되물었다. 나는 가볍게 한숨을 내뱉고는 누군가 우연히 엿듣지 못하도록 작게 대답했다.

“이건 영업 비밀이긴 한데, 지울 방법이 있거든. 우선 이 일은 상담 한 번으로는 안 될 것 같으니까, 시간 날 때마다 찾아와, 알았지?”

그는 잠깐 머뭇거리더니 조용히 고마워, 라고 말하고는 얼른 자리를 빠져나갔다. 분명 혜성의 귀에는 상담 내용이 전부 들렸겠지. 그도 알아챘을 것이다. 이번 일은 그의 기억을 먹어 주는 것이 그를 위한 일임을. 그러나 그의 반응은 내 예상에서 한참을 벗어나 있었다.

“이번 경우는 무작정 이야기를 먹기 어려운 상황이야.”

“그게 뭔데?”

“내가 해원의 이야기를 먹었을 때, 그가 소설가라는 꿈과 관련된 기억을 모두 잃었던 건 기억하지? 내가 먹는 건 하나의 이야기여야 해. 소설가라는 꿈을 꾸게 되었지만, 이러저러해서 결국 포기했다. 이런 식으로 말이야. 그런데 그가 지우고 싶은 건 현장을 목격한 기억만이지?"

"잠깐, 그럼 못 먹는다는 소리야?"

"만약 모르는 사람이었다면 그 자체가 하나의 작은 이야기니까 가능해. 하지만 걔가 이전부터 여학생을 알고 있었다면, 그 여학생을 처음 만났을 때부터 이번 일까지가 하나의 이야기야."

그 말은, 이 기억을 지우고 싶다면 권다경이 서별과 보냈던 시간 전부를 먹어야 한다는 소리였다. 기억 전부를 먹게 되면 권다경은 서별을 완전히 잊게 되지만, 현장을 목격한 기억을 떠올릴 일도 없어진다.

"그러니까, 제일 먼저 알아야 할 건 서별이 권다경의 머릿속에서 지워져도 되는 존재냐는 거야."

* * *

상담이 중간에 끊기면 곧바로 다음 시간에 찾아오던

다른 이들과는 달리, 권다경은 며칠이 지나도 도서관에 올 기미가 보이지 않았다. 설마 그녀를 따라 극단적인 생각을 한 건 아닌가 초조해하며 주변 소문에 귀를 기울였지만, 다행히 그런 이야기는 들려오지 않았다.

권다경이 찾아온 것은 정확히 일주일 뒤였다. 부실에 도착하자마자 내뱉은 그의 말은 지금의 그가 얼마나 절박한지 단번에 이해시켰다.

"기억을 지워 줄 수 있다고 했지?"

그는 그것이 자신의 유일한 희망이라는 듯 애절한 눈길로 나를 붙잡았다.

"가능해. 하지만, 조건이 있어."

나는 그에게 그 기억을 잊고 싶다면 서별에 대한 기억을 모두 버려야 한다는 사실을 말해 주었다. 그리고 내가 말하는 내내, 그의 눈에 어렸던 절박함이 절망으로 바뀌고 있었다.

서별은 권다경에게 어떤 존재였을까. 그녀를 잊을지 고통을 안을지. 그걸 선택하기 위해서라도, 이 일을 결정하기 위해서라도 그 답을 찾아야 했다.

"서별은 너와 어떤 사이였어?"

잠깐 정적이 흐르고, 권다경은 뭔가를 회상하듯 아래로 시선을 둔 채 조심스레 입을 열었다.

"개를 처음 만난 곳은 기숙사 뒤쪽의 주차장이었어."

* * *

권다경은 싹싹하고 유한 성격으로 금세 친구를 사귀었지만, 정작 본인은 그런 인간관계를 상당히 피곤해했다. 그는 어울려 노는 것보다 혼자 빠져나와 책을 읽기를 좋아했다. 입학한 직후, 그는 며칠 동안 교내에서 온전히 혼자 있을 수 있는 곳들을 찾아다녔다. 그 장소 중 하나가 기숙사 뒤쪽 주차장이었다. 장소를 찾아낸 다음 날, 권다경은 점심시간을 조용히 보내기 위해 몰래 주차장으로 향했다. 그러나 그의 예상과는 다르게, 그곳에는 이미 그의 자리를 당당히 차지한 누군가가 있었다. 겨우 찾아낸 장소의 불청객. 그게 바로 서별이었다.

"저, 여기서 혼자 뭐 해?"

"오늘 점심 메뉴 별로라 여기서 쉬고 있었는데."

"계속 여기 있으려고?"

"왜, 네가 전세를 내기라도 했어?"

서별의 첫인상은 최악이었다. 그녀는 자신이 먼저 왔으니 다른 곳을 찾아보라는 듯 권다경이 떠나기 전까지 그를 빤히 노려보았다.

그가 찾아낸 두 번째 공간은 본관과 기숙사 통로 근처의 나무 벤치였다. 기숙사로의 이동이 자유로운 저녁시간이면 몰라도, 점심시간에 이곳에 오는 학생은 거의 없었다. 다음 날 권다경은 식사 후 곧장 벤치로 향했다. 벤치에 앉아 여유롭게 책을 펼치려는 찰나, 멀리서 어딘가 본 듯한 얼굴이 눈에 들어왔다. 분명 주차장의 불청객이었다.

"뭐야, 넌 왜 여깄어?"

"혹시나 해서 말하는 거지만, 비켜 줄 생각은 없어. 네가 전세를 낸 건 아니잖아, 그렇지?"

그녀가 했던 말을 그대로 돌려주자, 서별은 어이가 없다는 듯 허, 하고 가볍게 한숨을 뱉더니 꼴도 보기 싫다는 듯 금세 사라졌다. 권다경은 이곳도 오로지 혼자만의 시간을 가지기에는 적절하지 않은 장소임을 직감했다. 그렇다고 저번에 찾은 곳을 가자니, 그러다 서별이랑 마주치면 다시 곤란한 상황이 벌어질 것 같았다.

'또 새로운 장소를 찾아봐야 하나.'

그러나 다음번에도, 그리고 그 다음번에도, 둘은 계속 외딴곳에서 마주쳤다. 조금만 밥을 늦게 먹어도 서별이 이미 자리를 차지하고 있었고, 오늘은 혼자다 싶으면 곧 서별이 모습을 드러냈다. 그게 일주일 정도 반복됐을 때, 서별은 이미 도착한 권다경을 보고 돌아가기는커녕 그 옆에 털썩 주저앉았다.

"그냥 같이 쉬자. 찾아다니기도 지쳤다, 이제."

권다경은 혼자가 더 편하긴 했지만, 그렇다고 서별 옆에 있는 게 피곤하다는 것은 아니었다. 그녀는 그에게 아무런 말도 걸지 않았고, 정말 가만히 앉아 앞을 바라보기만 했으니까.

그날 이후로 둘은 우연히 마주칠 때마다 그냥 같은 장소에서 따로 휴식을 취했다. 하지만 학교 안에서 마주칠 때는 둘은 서로를 무시했다. 모르는 사이라고도, 아는 사이라고도 정의하기 어려운 기묘한 관계였다. 처음 만난 뒤로부터 몇 주가 지났을 때, 서별은 권다경에게 처음으로 말을 걸어왔다.

"지금 읽는 거, 소설이야?"

장소만 같을 뿐, 서로의 영역에 개입하지 않는다는 암묵적인 약속을, 서별은 조용히 그리고 순식간에 깨뜨렸다. 그녀는 권다경에게 혹시 다른 책은 없냐고 조심스레 물었고, 그는 오늘 저녁에 읽으려던 책을 건넸다. 책이 꽤 두꺼웠던 바람에, 점심시간이 끝났을 때 서별은 책을 반도 채 읽지 못했다. 권다경은 서별에게 흔쾌히 책을 빌려주었고, 둘은 책을 돌려받기 위해 처음으로 다음에 만날 시간과 장소를 정했다.

그렇게 권다경은 책을 두 권씩 챙기는 습관이 생겼다. 서별은 매번 책을 빌려 읽다 다음 날이면 돌려주고는 했다. 서별은 책을 읽을 때마다 짧은 감상을 남겼고, 권다경은 놀라울 정도로 자신과 비슷한 그녀의 생각을 주의 깊게 들었다. 처음 만났을 때는 잘 웃지 않던 그녀가 특히 재밌는 책을 읽고 난 날에는 환한 웃음을 지으며 감상을 말하기도 했다.

"이 책은 결말을 읽고 나니까 그동안의 전개가 다시 보이더라. 특히 초반의 복선이."

"그 작가는 일상적인 요소를 복선으로 써서 처음 읽

을 때는 눈치채기 어렵더라고. 마음에 들면 다른 책도 추천해 줄까?"

그들의 대화는 그다지 길지 않았다. 그 짧은 시간마저 보통은 책 이야기로 채워졌다. 서로의 일상은 하나도 담겨 있지 않은 말을 나누었음에도, 둘은 어느 순간부터 서로를 가장 잘 알고 있는 사람이 되어 가기 시작했다. 적어도 권다경은 그렇게 생각했다.

시험 기간이 다가왔을 즈음, 어느 날부터 서별은 갑자기 나타나지 않았다. 혼자 있고 싶은 마음에 외진 곳을 물색하던 그는, 어느새 서별을 찾기 위해 그녀가 있을 만한 곳을 찾아다니게 되었다. 시험이 끝난 다음 주, 그는 약 2주 만에 서별을 만날 수 있었다. 그가 그녀를 찾은 곳은 뒤뜰이었다. 평소 뒤뜰 잔디 위에 앉아 햇살을 쐬기 좋아하던 그녀였다. 그런 그녀가 그날은 한쪽 손목이 피로 젖은 채 잔디 위에 쓰러져 있었다. 그 순간, 권다경 본인조차도 처음 들어 본 비명이 목구멍을 뚫고 나왔다.

* * *

그것이 권다경이 알고 있는 서별이었다. 혼자 있기 좋아하고 어딘가 무례한 구석도 있지만, 그와 대화하는 걸 아마도 즐거워했을 여자애.

"나는 서별의 마지막 모습을 잊고 싶지만, 걔 자체를 잊고 싶은 건 아니야."

"하지만 마지막 모습을 잊으려면 걔와 보낸 시간을 잊을 각오를 해야 해."

권다경은 침묵으로 긍정했다. 그는 이제 자신의 일상과 그녀를 저울 위에 올려야 했다.

"너는 서별을 소중히 여겼어, 그렇지?"

그는 입을 닫은 채 고개만을 끄덕였다.

"그럼, 기억을 지우지 않고도, 너는 서별이 돌아왔을 때 웃으면서 반길 수 있어?"

그가 서별을 소중히 여긴다는 건 권다경 본인이 인정한 이상 누구도 부정할 수 없다. 그러나 소중하다고 해서 그 관계가 어떤 상황에서든 유익한 관계인 것은 아니다.

"네 트라우마의 장본인인 걔를 멀쩡히 대할 자신이 있어?"

그는 바로 고개를 끄덕였던 아까와는 달리 한참을 가

만히 앉아 있었다. 그러나 얼마 지나지 않아, 그는 천천히 그리고 힘없이 고개를 저었다.

"솔직히 말하면, 지금은 견딜 자신도, 그렇다고 걔를 잊을 자신도 없어."

주먹을 쥔 권다경의 손에 힘이 들어갔다. 권다경은 미안한 기색을 얼굴에 비추며 혹시 다음에 다시 찾아와도 되겠느냐고 양해를 구했다.

"짧은 시간 안에 내리기는 힘든 결정인 거 알고 있어. 편할 때 찾아와."

"번거롭게 해서 미안해. 너도 할 일 많을 텐데……."

"고민 상담부가 그냥 고민 상담부겠어? 이게 내 일인걸. 마음 쓰지 마."

그는 고맙다고 연신 말해 대며 부실을 빠져나갔다. 그와 동시에, 점심시간이 곧 끝나 간다는 걸 알리는 종이 울렸다.

* * *

권다경이 마지막으로 상담을 온 지 며칠이 지난 후,

곧 서별이 퇴원한다는 소식이 학교를 돌아다니기 시작했다. 몇몇 학생은 혹시나 권다경이 서별을 우연히 마주치면 충격을 받지 않겠냐며 그를 걱정하는 이야기를 꺼내기도 했다. 그나마 다행인 건 둘의 반이 꽤 먼 위치에 있다는 거였다.

소문이 돌기 시작한 날 저녁, 권다경은 도서관에 사람이 거의 없는 걸 확인하고 나서야 조용히 들어왔다. 나는 혜성을 상담실로 들였다. 권다경은 혜성을 흘깃 보며 조용히 왜 그를 이곳에 불렀는지 물었다. 기억을 지우려면 그가 필요하다고 말하자, 그는 알겠다고 말하며 혜성을 향해 계속 시선을 두었다.

"궁금한 게 있는데."

"뭔데?"

"마지막으로 봤을 때의 기억만 지울 수 없는 이유가 뭐야?"

혜성의 얼굴에서는 당황한 기색은커녕 예상했다는 듯한 여유로움만 묻어났다.

"불가능한 일은 아냐. 하지만 서별에 대한 기억 자체를 지우지 않으면 이 방법은 미봉책일 뿐이야. 걔에 대한 기억을 남겨 둔다면 그건 네가 잊고 있던 기억을 떠올리는 매개체가 될 테고, 설령 떠올리지 못한다고 해도 넌 서별이 자살을 시도했다는 걸 다른 사람을 통해 언젠가는 듣게 될걸. 네가 목격자인데 왜 기억 못 하냐는 말과 함께."

권다경은 얼굴을 조금 찌푸린 채로 잠자코 말을 들었다. 혜성의 말이 끝나자, 드디어 결심이 섰는지 권다경은 혜성과 내가 그토록 기다려 왔던 이 일의 결론을 조용히, 하지만 단호하게 내뱉었다.

"서별과의 기억을 지우고 싶어."

기억을 지우고 난 뒤 그가 자살 시도를 목격했다는 정보는 알려 주기로 했다. 사람들은 그와 서별의 관계는 몰라도, 목격자라는 건 알고 있었으니까.

혜성은 권다경을 불러 잠깐 자신의 눈을 보라고 말했다. 불꽃 같기도 핏방울 같기도 한 붉은빛 눈 위로 순간 그의 이야기가 비쳐 보인 것 같았다. 이야기에는 형체가 없으니, 아마 그건 분명 나의 착각이겠지.

김해원이 그랬던 것처럼 권다경은 쓰러졌고, 금세 다시 일어났다. 그는 자신이 왜 상담실에 있는지조차 기억하지 못했고, 나는 저번에도 그랬듯 그가 직접 서명한 상담 기록지의 일부를 보여 주었다. 서별과 그가 아는 사이였다는 사실은 뺀 채로.

"최근 학교에서 자살 기도 사건이 일어났고, 너는 이 일의 목격자였어. 너는 힘들어서 상담을 받으러 왔고, 오늘 그 기억을 잊게 된 거야."

"어떻게 잊게 한 거야? 무슨 최면 같은 건가?"

서별을 잊은 그는 아까보다 좀 더 활기가 돌고, 내가 알던 것보다도 훨씬 싹싹한 사람이었다. 몇 차례의 상담 동안 보인 어두운 기색이 거짓이라도 되는 것처럼.

"뭐, 비슷해. 네 표정을 보니, 이제는 문제가 없는 것 같네."

"어떻게 했는지는 모르겠지만, 상담은커녕 목격한 기억조차 안 나는데."

"아, 그리고 앞으로는 외진 곳은 함부로 가지 마. 잘못하면 당시의 기억이 떠오를 수 있거든."

이건 거짓말이다. 그러나 꼭 필요한 당부였다. 서별과 단둘이 만나게 되는 상황이 되는 건 피하는 게 좋을 테니까.

"알았어. 그나저나 학교 동아리인데도 이런 상담을 할 수 있다니 대단하네. 앞으로 입소문 자주 내 줄게. 아, 사람이 너무 많아지면 좀 그러려나?"

"아냐. 우리야 많아지면 환영이지. 그렇다고 대놓고 기억을 지울 수 있다거나 하는 이야기는 하지 말고."

권다경은 어떤 미련도 없어 보이는 얼굴로 자리를 떴다. 저 밝은 얼굴이 그의 본모습일까. 아니면, 서별을 떠올리며 울 것 같은 표정을 짓던 그가 진짜 권다경일까. 그의 이야기를 먹은 직후, 혜성은 이야기를 음미라도 하는지 몽롱한 표정으로 가만히 앉아 있기만 했다.

"방금 뭐 한 거야?"

"참 특이한 이야기다 싶어서. 맛을 기억해 두고 싶었어."

"맛을?"

"응. 담겨 있던 감정이 꽤 많더라고."

하긴. 그대로 갔다가는 권다경과 서별 둘 중 한 명은 상대에게 사랑에 빠졌을지도 모른다. 그런 이야기라면 당사자가 느낀 감정은 짧은 시간이라 해도 참으로 다양하겠지.

"그 맛이라는 거, 정확히 어떻게 느껴지는 거야?"

"맛이라는 건 그냥 비유고, 이야기를 먹으면 잠깐 감정에 동조하게 되거든. 내 취향에 맞을수록 보통 맛있다고 표현해. 서별을 떠올릴 때 슬퍼하고 분노하는 동시에 기쁨을 느낀다는 게 참 신기했어. 그게 사랑 이야기의 특징이지."

물론 사랑 이야기치고 그리 강렬한 맛은 아니었지만, 이라고 그는 덧붙였다. 당연하지. 애초에 사랑조차 되지 못한 이야기였으니까.

그건 그렇고, 감정에 동조한다니. 그 기분은 대체 어떤 걸까. 누군가가 분노할 때 그 분노에 휩쓸리고, 누군가가 웃으면 따라 웃는 그 느낌은. 맛이라고 표현할 정도로 강렬한 느낌인 걸까. 머릿속으로 그립지도 않은 과거의 한 장면이 떠오른다. 울고 있는 여자와 그녀를 보며 밝게 웃고 있는 나. 회상 속으로 비쳐 보이는 그녀의 눈이 참으로 보기 싫었다.

별실 문 너머로 노크 소리가 들려왔다. 주먹으로 문을 쾅쾅 쳐 대는 소리. 소원이었다. 소원은 냉큼 들어와 혜성을 빤히 쳐다보더니 신경질적인 말투로 쏘아붙이기 시작했다.

"먹었어?"

"이야기 말하는 거야?"

"물어봤잖아. 먹었냐고."

"너무 힘들어하길래. 당사자가 그걸 원하기도 했고."

당사자가 원했다는 말에, 소원은 화가 가득 담긴 한숨을 내쉬며 꼴도 보기 싫다는 듯 혜성 반대편으로 고개를 돌렸다.

"부장, 아니 이세월, 잠깐 나 좀 보자."

"갑자기 왜?"

"할 얘기가 있어. 저 괴물이 못 들을 곳에 가서 이야기하자."

괴물이라는 말에 혜성이 잠깐 이쪽을 바라봤지만, 그는 알아서 하라는 듯 어이없다는 듯 한숨을 내쉬고 부실에서 빠져나갔다.

"나는 쟤가 너 몰래 애를 꼬드겨서 이야기를 먹는 건 줄 알았는데, 기억을 지우는 것 자체가 상담 과정이었어?"

아, 그러고 보니 소원에게는 고민 상담부를 세운 이유

를 설명한 적이 없구나.

"응. 아무래도 괴로운 기억은 잊게 해 주는 게 좋잖아."

"그게 화괴의 함정이야. 화괴가 사람 사이에 섞여 드는 것까지는 어쩔 수 없지만, 책이 아닌 사람의 이야기를 먹기 시작하면 문제가 생긴다고."

"하지만 이 경우는 권다경을 위한 일이었잖아. 걔는 그 일 때문에 무척이나 힘들어하고 있었다고. 너는 이게 잘못됐다는 거야?"

"잘못됐어. 아니, 잘못됐다고 말할 가치도 없어."

윤소원 얘는 권다경이 그 일을 꾸역꾸역 버텼어야 한다고 말하는 건가? 본인은 그 일을 전해 듣기만 해도 그렇게 고통스러워했으면서?

"왜 그렇게까지 말해? 임혜성도 많이 고민했어. 무조건 이야기를 먹으려 하는 게 아니라고."

"사람의 일은 사람끼리 해결해야 해, 괴물의 힘으로 해결하는 게 아니라. 네가 근본적으로 착각하고 있는 게 있는데, 사람의 이야기를 먹는 건 그 사람 허락만 받는다고 해서 되는 게 아니야."

"그럼 누구 허락을 받아야 하는데?"

"당연히 기억의 또 다른 주인이지. 이야기는 혼자서 만들 수 있는 게 아니야. 물론 종종 예외도 있지만, 보통은 둘 이상의 사람이 만났을 때 만들어지는 게 이야기라고. 그런데 다른 등장인물은 신경 쓰지도 않고 한 명의 기억을 갑자기 지워 버리면 어떻게 되겠어?"

그녀는 앞에 도미노 블록이라도 있다는 듯 허공에 손을 튕겼다. 계속 높아지던 목소리가 한순간 차갑게 가라앉았다. 마치 다른 사람이라고 생각될 정도로.

"도미노처럼 무너지는 거야. 그리고 그건 돌이키지도 못해. 다시 세울 블록이 없으니까."

반박할 말이 떠오르지 않았다.

"화괴가 이야기를 먹기 시작하면, 비극은 반드시 벌어져. 너는 현명한 애니, 앞으로는 이런 꼬임에 넘어가지 않을 거라고 믿는다."

소원은 혼란스러워하는 내 눈빛을 읽었는지 앞으로는 화괴가 이야기를 먹게 내버려 두지 말라는 당부와 함께 부실을 빠져나갔다. 그녀의 말이 옳다는 생각과 어쨌든 지금으로서는 이게 최선이라는 합리화가 서로를 밀

어낼 생각도 하지 않은 채 머릿속에서 같이 요동쳤다.

'옳은 일이었어. 그를 먼저 피한 건 서별이었잖아. 이야기를 먼저 끊어 낸 건 그쪽이라고.'

그 생각을 마지막으로, 나는 이 사건을 묻어 두기로 했다. 그러나 그 일을 마음 깊은 곳으로 밀어내기도 전에, 내게 허락되었던 쉬는 시간은 며칠 지나지 않아 예고도 없이 끝나 버렸다.

6. 무엇도 되지 못한 이야기 _ 2

서별이 수업에 복귀했다는 소문이 전교에 퍼졌다. 그녀의 친구들은 그녀를 멀리하는 대신 적당한 거리를 두며 어울리기로 한 모양이었다. 그 소문을 끝으로 그녀가 어떤 취급을 당했다거나 하는 소문은 돌지 않았으니까. 이야기는 그렇게 가라앉는다고 생각했다. 지금 내 앞에 있는 이 여자애의 이름이 서별이라는 걸 알기 전까지는.

"네가 이세월 맞지? 친구들이 고민 상담부 부장이라고 하던데?"

다른 애들은 어떤가 싶어 흘깃 뒤쪽을 보자, 혜성의 표정은 이미 가관이었고, 소원은 그럴 줄 알았다며 혜성을 묘하게 책망하는 얼굴이었다. 나는 아무렇지 않아 보이려 억지로 입꼬리를 올린 채 그녀를 부실 안으로 들였다. 그녀는 방금의 묘한 분위기가 그녀의 일 때문이라고 오해했는지 상당히 위축된 모습이었다.

“저, 혹시 소문 때문에 불편한 거면, 상담해 주지 않아도 돼.”

“아, 아냐. 요즘 일이 많아서 피곤해서 그래. 그래서, 고민이 뭔데?”

펜을 쥔 내 손이 미약하게 떨렸다. 하지만 이건 긴장보다는 죄책감에 가까웠다. 겉으로 보기에도 그녀는 조금만 건드리면 쓰러질 것 같은, 유리로 쌓은 탑 같은 분위기를 풍겼다. 곧이어 그녀가 말한 고민은, 내막을 알고 있는 내게는 어떤 고민보다도 심각하게 느껴지는 내용이었다.

“친구 한 명이 요즘 도통 보이지 않아서 걱정이야.”

그래. 이야기의 주인공은 한 명이 아니었지. 혜성이 먹은 이야기의 또 다른 주인공은 기억을 그대로 갖고 있었다. 그러나 이해할 수 없는 점이 하나 있었다. 애초에 시험 기간을 기점으로 그를 먼저 피하기 시작한 건 서별이 아니었는가. 서별은 왜 사건이 터지고 난 지금이 되어서야 권다경을 만나려고 하는 걸까.

"혹시 걔랑 무슨 일이 있었어?"

"개인적인 일로 한동안 걔를 만나지 못하긴 했어. 만나서 그동안 얼굴을 못 비쳐 미안하다고 사과하고 싶은데, 있을 만한 곳을 찾아도 보이지 않더라고."

"이름이 뭔데?"

"권다경. 무슨 반인지는 몰라."

관계를 다시 회복할 수 있다고 생각하는 그녀의 태도에 화가 났다. 아니, 정말로 그녀에게 화가 난 게 맞나? 이런 상황을 만들어 버린 나에게 화가 난 게 아니라?

"걔가 네가 자살 기도한 걸 최초로 목격한 애야."

말이 끝나기 무섭게, 서별은 시선에 초점을 잃은 채 경악한 얼굴을 하고 있었다. 눈가에 맺히던 눈물이 툭, 하고 그녀의 뺨을 타고 흘렀다. 그녀는 눈을 닦으려는 시늉조차 하지 않은 채 소리 없이 눈물만 흘렸다. 나는 얼른 손수건을 건네며 그녀에게 연신 사과했고, 그녀는 내 잘못이 아니라며 오히려 나를 달랬다.

"그랬구나. 그래서……."

침묵이 흘렀다. 겨우 진정이 된 건지, 그녀는 금방 원래의 침착한 목소리로 돌아와 다시 말문을 열었다.

"피한 이유가 있었네. 원래 만나던 곳들을 다 찾아가 봤는데도 없었는데, 그런 이유였구나."

"아, 그게, 상황이 좀 복잡해서……. 소문을 들어 보니까, 아무래도 그 충격으로 그걸 목격했다는 사실을 잊어버린 것 같아."

그녀는 말이 끝나기 무섭게 그게 무슨 소리냐며 날카로운 목소리로 상황을 설명해 달라고 부탁했다. 나는 권다경이 고민 상담부에 찾아왔다는 사실은 숨긴 채 지금의 상황을 대충 설명했다. 그는 현장을 목격한 기억뿐만 아니라, 서별에 대한 기억 전부를 잊어버렸다고.

"아마 걔가 널 일부러 만나지 않으려는 게 아니라, 목격한 여파로 너에 대한 기억 자체를 잊어버렸기 때문이 아닐까 생각해."

그녀는 권다경이 현장을 목격한 사람이라는 사실을 알았을 때보다 더 힘들어하는 듯 보였다.

"많이 친했던 모양이네."

금방이라도 다시 눈물을 흘릴 것 같은 얼굴이었다. 그녀는 헛기침과 함께 곤란하게 해 미안하다며 사과를 건넸다. 그러고는 자신의 가방에서 책 한 권을 꺼내더니 내게 내밀었다. 예전 상담에서 권다경이 그녀에게 종종 책을 빌려주었다고 말했던 게 떠올랐다. 그렇다면 이건 아마 그녀가 권다경과 마지막으로 만났을 때 빌렸던 책이겠구나. 그런데 그 말은, 그녀는 권다경을 일부러 피한 게 아니라 미처 예상치 못한 일 때문에 만나지 못했다는 뜻인가? 책조차도 돌려주지 못할 정도의 급한 일 때문에?

"혹시 권다경을 만나면 이걸 돌려줄 수 있어? 어디선가 주웠다고 전해 줘."

그녀가 의도적으로 그를 피한 게 아닐지도 모른다는 생각이 든 뒤에야 궁금해졌다. 그녀는 왜 2주나 되는 시간 동안 그를 피해야만 했던 걸까.

"저기, 혹시 괜찮으면 무슨 일이 있어서 걜 피했는지 물어봐도 될까?"

"피한 이유?"

"네가 걔를 찾지 못한 이유는 해결했지만, 그 일이 해결되지 않는 이상 네가 가진 고민이 전부 해결된 건 아닐 거 아냐. 내가 도울 수 있는 부분이 있다면……."

말이 끝나기도 전, 서별은 소매를 조심스레 걷어 셔츠에 덮여 있던 자신의 손목을 보여 주었다. 크게 베인 손목의 흉터 아래에는 오래전에 생긴 듯한 작은 흉터들이 있었다. 내가 무슨 말을 하기도 전에, 그녀는 권다경과 처음 만났을 때의 이야기를 시작했다.

"그날 나는 혼자 있을 곳을 찾아다니고 있었어."

* * *

이 학교에 처음 왔을 때부터, 서별은 혼자서 쉴 만한 곳을 자주 찾아다녔다. 입학한 지 일주일도 되지 않아 이 학교의 웬만한 곳은 다 꿰고 있을 정도로. 혼자 있는 걸 편하게 여겨서도, 그런 장소를 특히 좋아해서도 아니었다. 그녀는 극도로 스트레스받을 때마다 손목을 그었고, 그걸 몰래 할 공간이 필요할 뿐이었다.

서별이 처음으로 그 일을 시도한 것은 중학교 3학년 때였다. 그날은 그녀가 처음으로 스스로 목숨을 끊으려 한 날이기도 했다. 그녀의 부모님은 훈육이라는 이름으로 너무나 쉽게 폭력을 사용했고, 떨어지는 성적과 달리 끝도 없이 올라가기만 하는 주변의 기대감은 그녀를 짓눌렀다.

그날의 그녀는 정말로 죽을 생각을 했다. 그러나 손목이 날에 베이고 그곳에 피가 맺혀 흐르던 순간, 그녀는 겁에 질려 칼을 떨어뜨렸다. 머릿속을 메꾸고 있던 죽고 싶다는 생각은 살고 싶다는 본능에 밀려 흔적도 없이 사라졌다. 적어도 그 순간만큼은. 피부 아래로 피가 흐르고 있다는 사실을 눈으로 확인할 때만큼은 죽고 싶다는 생각이 들지 않았다. 그녀가 조금만 더 성숙했다거나 이리저리 치여 벼랑으로 몰리지 않았더라면, 그런 병적인 방식으로 자신의 생을 입증하는 선택은 하지 않았을 터였다.

그날도 그녀는 주머니에 커터칼을 챙긴 채 앉아 있을 장소를 찾아다녔다. 그렇게 찾은 게 낮 동안은 정말 아무도 발을 들이지 않을 것 같은 기숙사 뒤편의 주차장이었다.

"여기서 혼자 뭐 해?"

그러나 아무도 오지 않을 거라는 확신은 느닷없는 불청객의 목소리에 금방 깨져 버렸다.

"왜, 네가 전세를 내기라도 했어?"

깨진 조각은 날카로운 말이 되어 그를 향해 곧장 날아갔다. 겨우 찾은 고요함을 깬 불청객. 그것이 서별이 본 권다경의 첫인상이었다.

기숙사 주차장에서 그를 만난 뒤, 서별은 혹시나 자신이 손목을 베는 도중 누군가가 나타나면 어쩌지 싶은 불안감에 휩싸였다. 그녀는 이곳만큼은 절대 아무도 오지 않을 거라 확신한 장소를 찾아갔지만, 그곳에는 이미 어제 보았던 남학생이 앉아 있었다. 서별은 그와 마주치지 않기 위해 자신이 봐 둔 모든 장소를 돌았지만, 결국 그녀는 매번 그와 마주쳤다.

어느 순간부터 그녀는 스트레스받는 일이 없어도, 그러니까 손목을 긋고 싶은 마음이 들지 않던 날에도 외진 곳을 찾아다니기 시작했다. 대체 언제까지 계속 마주치나 보자 하는 심정이었다. 일주일 정도 흘렀을 때, 서별은 돌아다니는 것에 지쳐 그의 옆에 그냥 주저앉아 쉬었다. 그는 자신에게 아무런 말도 걸지 않았고, 그녀도 그럴 필요성을 느끼지 못했다. 그 분위기가 어쩐지 혼자 있는 것보다도 편안해서, 서별은 그 옆에서 조용히 쉬기 위해 외딴 장소를 다니기 시작했다. 그러나 그녀는 권다경을 화단에 심어진 분홍빛 꽃들보다 덜하지도 더하지도 않게 대했다.

시간은 금방 다시 흘렀고, 서별은 앞을 바라보기만 하며 쉬는 것도 지겨워져 처음으로 그에게 시선을 두었다. 맨 먼저 들어온 것은 그의 이름표였다. '권다경.' 그녀는 그 이름에 아무런 감상도 없었다. 그가 어떤 사람인지 몰랐으니까. 그래서 잘 어울리는지도 알 수 없었다. 그래서 알고 싶어졌다. 그 이름이 그에게 잘 어울리는지.

"지금 읽는 거, 소설이야?"

그는 처음 보는 열띤 얼굴로 책에 대해 설명했고, 서별은 그런 그의 모습이 싫지 않았다. 그가 건네준 책에 관심이 생기고 감상이 떠오르며 그것이 그와 일치한다는 것도 마음에 들었다. 무언가 피어나기 좋은 계절인 봄에, 서별은 그 기분이 어떤 관계의 시작이 될 수 있다고 믿었다. 그러나 땅 위에는 피기 전에 무심코 밟히는 꽃도 있다는 걸, 그녀는 잠시 잊고 있었다.

그날은 시험이 얼마 남지 않은 금요일이었다. 서별은 부모님의 차를 타고 집으로 향하고 있었다. 그녀의 가방

속에는 권다경이 빌려준 작은 소설책 하나가 같이 들어 있었다. 가벼운 책이었기에 평소와 그리 다른 게 없을 텐데, 이상하게도 가방이 두둑하게 느껴지는 기분에 서별은 조금씩 설레기 시작했다. 그렇게 집에 도착해 저녁을 먹고 씻고 나왔을 때, 서별은 깨끗하던 거실 바닥이 익숙한 물건들로 어질러져 있는 걸 발견했다. 어질러진 물건들의 한가운데에는 분홍색 꽃이 그려진 표지가 인상적인 소설책 한 권이 놓여 있었다. 그림 위 꽃이 어머니의 발에 밟혔을 때, 그제야 어머니의 손에 들린 익숙한 물건을 볼 수 있었다.

한참을 맞고, 울고, 소리 지르고 난 뒤에야 악몽은 끝났다. 소설책의 표지는 약간 찌그러졌지만 잘만 펴면 멀쩡해 보일 것 같았다. 서별은 자신의 팔을 덮은 멍은 보지도 않은 채 책 곳곳을 살폈다. 책이 그리 크게 망가지지 않았다는 걸 확인한 뒤에야 아픔이 느껴졌다. 서별은 이것이 자신의 일상이었음을 그 통증을 통해 자각했다. 무의식적으로 주머니를 뒤져 칼을 꺼내려 했지만, 아무리 찾아도 나오지 않았다.

'그러고 보니, 요즘 칼을 챙겨 다닌 적이 없었지.'

그녀는 권다경을 만난 이후로 한 번도 자신이 자해를 시도하지 못했다는 걸, 아니 하지 않았다는 걸 떠올렸다. 그를 만날 때는 칼을 챙겼는지 신경 쓰지 않아도 됐다. 그와 나눴던 짧고 부질없는 대화가, 연약한 관계가, 가벼운 웃음이, 그 모든 것이 모여 그녀의 아픔을 금방 날려 버리곤 했다. 서별은 미친 듯이 책상을 뒤져 날카로운 것을 찾았다. 권다경이 없는 지금, 그녀가 의존할 수 있는 곳은 거기밖에 없었으니까.

봄이 끝나면 여름이 오는 것이 순리였지만 세상에는 그 계절을 누리지 못하는 사람도 존재한다. 서별의 봄은 여름을 맞이하지 못하고 끝났다. 그날을 기점으로 그녀는 다시 자해에 의존하기 시작했다. 만약 자신이 울면서 그에게 자신의 아픔을 하소연하면 그는 자신을 어려워하기 시작할 것이다. 그녀는 그와 그런 식으로 헤어지기 싫었고 멀쩡히 그를 볼 수 있을 때까지 기다리기로 했다. 사람을 마주칠 위험은 컸지만 적어도 자신이 자해한다는 사실을 들키지는 않을 화장실 칸에서 그녀는 자신의 손목을 그었다. 서별의 부모님은 그날 이후 기숙사 점호 직전 매번 그녀에게 전화를 걸었다. 오늘 공부는 잘했냐고. 시험은 잘 볼 수 있겠냐고.

"네. 네. 아뇨. 괜찮아요. 네."

그녀는 거기에 걱정하지 말라는 대답을 두세 번 정도 덧붙인 다음에야 전화를 끊었다. 그러나 그녀의 머릿속에서는 시험을 잘 봐야겠다는 생각보다 견딜 수 없는 더러운 기분을 어떻게 떨쳐 낼지가 우선이었다. 당연하게 그녀는 시험을 망쳤고 시험이 끝난 날에는 부모님으로부터 금요일에 데리러 가겠다는 전화가 왔다. 그녀는 부모님에게 시험 이야기를 일절 하지 않았고, 그녀는 고등학교에 들어온 이래로 가장 오랜 시간 동안 부모님에게 맞았다. 그리고 그날 그녀는 처음으로 맞으면서 울지도, 소리를 내지도 않았다. 잘못했다는 말도 하지 않았다. 그것이 아마 그녀가 그날 그렇게 오래도록 맞았던 이유였을 것이다. 잘못했다는 말을 듣지 못한다면 그것은 훈육이 아닌 폭력이 되니까.

월요일 아침에는 부모님에게서 문자가 왔다. 성적표를 메일로 받았다는 연락이었다. 문자에는 격려를 가장한 폭언이 가득했다. 점심시간 종이 치자마자, 서별은 커터칼을 챙겨 학교 뒤뜰로 나갔다. 원래대로라면 화장실을 택했겠지만, 지금 그녀에게는 돌계단을 향해 내려오는 햇볕의 따스함이 필요했다. 서별은 햇살을 바라던 만큼 자신의 손목을 향해 칼을 휘둘렀고, 휴지로 흐르는 피를 막을 수 없었을 때 무언가 잘못되었음을 깨달았다. 살려달라고 소리지르려 했지만, 힘이 빠져 목소리가 나오지 않았다. 서별은 자신을 보고 지르는 누군가의 비명조차 듣지 못한 채 의식을 잃었다.

* * *

둘의 이야기는 반으로 나뉘어 그 하나는 혜성이 먹은 지 오래였고, 다른 하나는 지금 이곳에 남아 있었다. 그녀는 자살할 생각이 없었다. 아니, 오히려 살고 싶어 안달이 난 쪽이었다. 나는 서별이 권다경을 피할 수밖에 없었던 이유를 이해했다. 사실 이해할 수 있다고 말하기에는 너무 무거운 이야기였다.

"믿을지는 모르겠지만, 나는 자살하려는 게 아니었어."

"믿어."

"나는 권다경을 웃는 얼굴로 볼 수 있을 때까지 버티려 노력했어."

"알고 있어."

"그런데 지금 생각해 보니, 이렇게 이별할 거면 차라리 추한 모습을 보이더라도 울면서 권다경에게 털어놓기라도 해 볼 걸 그랬나."

서별은 순간 자신의 입을 틀어막고 방금 말은 잊으라며 손사래를 쳤다.

"아냐. 걔한테 그런 부담을 주는 것보다 차라리 지금이 나아. 그렇게 행동하기엔 난 그 애에게 아무것도 아니니까."

만약 그녀에게서 권다경에 관한 기억을 지우면 어떻게 될까. 그러나 나는 그 제안을 그녀에게 할 수 없었다. 그녀가 없던 권다경은 그리 불행하지 않았지만, 그가 없던 서별은 자신도 모르게 바닥을 향해 달려가고 있었으니까.

"권다경이 너를 다시 기억하게 만드는 건 무리야. 너도 알고 있지?"

"응."

"설령 기억한다고 해도, 좋은 얼굴로 보지 못하게 될 거야."

"잘 알고 있어."

그녀는 권다경과 다시 좋게 지내길 바랐지만, 나는 그 고민에 해결책을 줄 수 없었다. 그녀의 구원을 돌려주지 못할 거라면, 적어도 넘어지지는 않도록 안전장치를 마련해야 했다.

"보통 상담받는 학생이 고민을 해결하도록 돕는 게 우리의 일이지만, 이번만큼은 어차피 해결하지 못할 거, 너에게 필요한 해결책을 줄게."

나는 서별을 붙잡고 그녀가 얼마나 위태롭게 살아왔는지 실감시켜 주었다. 계속 손목을 긋길 반복한다면, 이런 일이 다시 생기지 않으리라는 보장이 없다고.

"예전에는 스트레스를 어떻게 풀었어?"

"단걸 먹거나, 가끔은 그림을 그렸어."

"그것 말고는?"

"공원으로 산책하러 나가기도 하고, 친구들과 같이 놀면서 풀기도 했어."

처음으로 자해를 시도했을 때의 그녀는 여러모로 궁

지에 몰려 있었다. 부모님의 감시로 마음대로 외출하거나 취미를 즐기는 것도 힘들었기 때문이다.

"작년의 너는 그런 걸 하기 어려운 상황이었지만 지금은 아니잖아, 그치?"

지금 학교에는 산책하거나 취미를 즐긴다고 그녀에게 뭐라 할 부모님이 없었다. 내가 내린 처방은 간단했다. 절대로 손목을 긋지 말 것. 그리고 그녀가 예전에 스트레스를 해소할 때 썼던 방법들을 매일 할 것. 서별은 아까보다 한껏 개운해진 표정으로 고맙다는 말을 남기고는 조용한 목소리로 질문을 덧붙였다.

"만약 내가 걔한테 다가가면, 언젠가 그 애는 나를 떠올릴까?"

"아마 그러진 못할걸."

"다행이네. 혹시나 우연히 마주치게 되더라도, 아픈 기억을 떠올릴 일은 없을 테니까."

권다경의 이야기만 들었을 때는 상당히 무책임한 애라고 생각했다. 그러나 그것은 그녀의 사정을 몰랐기 때문에 생긴 착각이었음을 그 말을 통해 뼈저리게 느꼈다.

"완전 친한 친구 사이가 될 순 없겠지만, 인사만 하고 지내는 정도의 사이까지는 회복할 수 있지 않을까? 그 때 도와줘서 고맙다고 인사하거나."

"응?"

"네가 죽을 생각은 없었다는 걸 모두에게 이해시키지는 못해도, 권다경한테만큼은 말하고 싶을 거 아냐. 고맙다고 말하면서 그걸 돌려 말해도 되지."

그녀는 내가 마지막으로 뱉었던 말을 몇 번이고 되새기는 듯 책상에 시선을 향한 채 나에게도 들리지 않을 목소리로 중얼거렸다. 서별은 자신이 책상 위에 올려 두었던 소설책을 집어 다시 자신의 가방에 넣었다.

"설령 친구가 될 수 없다 해도, 예전보다도 못한 관계라고 해도……."

아무래도 서별은 자신의 손으로 그의 책을 돌려주려는 모양이었다.

"말할 기회가 다시 주어진다면, 더는 바랄 게 없을 것 같아."

서별을 보내고 그녀를 뒤따라 밖으로 나가자, 혜성은 언제 나간 건지 소원만이 부실 앞 의자에 앉아 있었다.

"임혜성은 여기 있으면 상담 내용이 들릴 것 같다고

다른 곳으로 갔어."

소원은 그 말을 끝내고 내 시선을 피하며 평소의 당당한 목소리와는 전혀 다른, 기어들어 가는 목소리로 상상치도 못한 말을 꺼냈다.

"그때는 널 탓하려던 건 아니었어. 미안해."

"괜찮아. 걱정해서 한 말인 거 알아. 근데, 너는 왜 그렇게 화괴를 싫어하는 거야?"

"예전에 화괴와 친했던 인간이 어떤 일을 당했는지 기록한 내용을 본 적이 있어."

"무슨 내용이었는데?"

"그게……."

소원이 말을 꺼내려던 찰나, 문 열리는 소리와 함께 혜성이 도서관으로 돌아왔다. 타이밍이 너무 절묘해 순간 그가 일부러 지금 돌아온 게 아닐까 생각이 들 정도였다.

"상담 잘 끝냈어?"

"일단은."

서별이 마지막 상담이었기에, 나는 행여나 싸움이라도 일어날까 봐 둘을 한꺼번에 도서관 밖으로 내보낸 뒤

부실 청소를 했다. 청소 도중, 상담 내내 그녀와 이야기 했던 내용을 적은 기록지가 눈에 들어왔다.

상담 학생: 서별. 자살 기도로 인해 상태가 불안정할 것으로 예측했지만, 상담을 통해 그녀의 자살 기도가 스트레스로 인한 자해였던 것임을 판명함. 중학교 시절 안 좋은 기억으로 잘못된 스트레스 해소법을 선택했으며, 이를 대체할 방법을 찾는 것이 무엇보다 중요함.

서별의 상담 기록에는 권다경에 대한 언급은 없었다. 둘의 관계는 이제 서별의 기억에만 있으니까. 반쪽을 잃은 이야기는 이야기로서의 제 구실을 할 수 없다. 기록으로 남겨 봤자 그녀를 제외한 누구도 이해하지도 받아들이지도 못할 이야기일 것이다.

로테를 향한 마음을 이기지 못하고 끝내 자살을 선택한 베르테르는 책 너머에서 자신을 바라본 수많은 관찰자에게 자신과 같은 죽음을 안겼다. 권다경은 서별의 관찰자이자 로테였다. 나는 그녀의 괴로움이 계속 베르테르와 겹쳐 보였다. 다만 그녀는 사랑을 이루지 못한다는 이유로 자신의 목숨을 끊는다는 이러석은 생각은 하지 않을 것이다. 그녀를 괴롭히는 것은 권다경이 아닌 그녀의 과거였으니까.

'부디 그 애한테 좋은 결과가 있었으면 좋겠네.'

문득 그런 생각이 들었다. 만약 혜성이 권다경의 기억을 지우지 않았다면 그는 지금 어떤 생활을 하고 있을까. 그는 서별이 자신의 상황을 설명할 기회를 주었을까. 만약 듣고 나면, 그 상황을 이해해 줄 수 있었을까. 그 모든 과정이 끝나고 나면, 그들은 어떤 결말을 맞이할까.

소원은 화괴의 개입이 모든 걸 망칠 거라고 이야기했다. 그러나 지우지 않았을 때의 상황을 가정하고 나니, 나는 애초에 내가 그의 기억을 지우기로 한 이유가 무엇이었는지를 떠올렸다. 그의 기억은 일상생활을 망가뜨릴 정도로 강렬했다. 이 이야기는 우리가 지운 순간 무너진 게 아니라, 그녀가 실수한 순간 끝나 버린 것이다.

'서별이 조금만 더 행복한 가정에서 살았더라면, 이런 상황에 빠질 일도 없었겠지.'

나는 그녀가 소설책을 놓았던 자리를 빤히 바라보았다. 그녀도 아마 많은 미련이 남았을 것이다. 소중한 사람이었겠지. 그래서 말로는 포기한다고 해도, 이 정도는 괜찮지 않겠냐는 나의 말에 금세 책을 집어 들었을 것이다. 내가 서별이었다면 어땠을까. 거기까지 생각이 닿았을 때, 나는 그 가정 자체가 너무 우스워 얼굴 위로 실소를 내비쳤다. 소중한 사람이라니. 그런 사람이 생긴다고 해도, 더 소중해지기 전에 내 곁을 떠날 것이 뻔한데.

기록지를 정리한 후 도서관을 빠져나왔을 때는 어느새 자습시간이 시작하기 직전이었다. 불이 다 꺼진 걸 확인하고 도서관 문을 잠그고 난 뒤, 나는 지각하면 안 된다는 생각에 기숙사를 향해 얼른 뛰어갔다. 언뜻 보면 두 개의 상담처럼 보였던 하나의 사건은 그렇게 끝이 났다.

7. 네 고민이 내 고민

소원과 혜성의 사이는 도통 좋아지지 않았고, 오히려 나와 소원의 사이에 어딘가 어색함이 끼기 시작했다. 아마 소원이 미처 하려던 말을 하지 못한 그때부터였겠지. 학교 학생들도 어느새 우울한 분위기에서 벗어나 평화로운 일상으로 돌아왔다. 학교의 분위기가 시끌벅적해질수록, 오히려 고민 상담부를 찾아오는 손님들은 늘어났다. 지금 내 앞에 있는 이 애도 그중 한 명이었다.

"이름은?"

"양지혜야. 3반."

"상담할 내용이 뭐야?"

그녀는 어딘가 부끄러운지 살짝 얼굴을 붉히며 자신

의 고민을 꺼내 놓았다.

"학기가 시작한 지 꽤 됐는데, 같이 다니는 친구가 없어서 고민이야."

"반 애들하고는 사이가 안 좋아?"

"인사도 잘 나누고, 서로 싫어하는 분위기도 아냐. 근데 내가 학기 초에 몸이 아파서 학교를 못 나왔거든. 왔을 때는 이미 그룹이 형성된 분위기더라고."

하긴 사이가 좋은 거랑 같은 그룹인 거랑은 별개의 문제니까. 문제는 조언을 해 주려고 해도 어떻게 할지 모르겠다는 게 문제다. 나도 따지고 보면 마찬가지니까. 예전에는 몇 번이라도 말을 주고 받는 친구들이 있었는데, 고민 상담부 활동을 하면서 수업 시간 외에는 마주칠 일이 없어졌지.

"그거 나도 고민인데."

"응?"

"아, 아니. 어떻게 해결해야 할지 고민이라고. 힘든 상황이잖아, 그렇지?"

내가 상담을 해 주는 게 아니라 받을 뻔했네. 내가 양지혜에게 해 줄 수 있는 조언은 상투적인 것밖에는 없었지만, 그녀는 고민을 털어놓은 것만으로도 개운해 보였다. 상담이 막바지를 향하던 찰나, 밖에서 노크 소리가 들려왔다. 혜성이 무슨 일이지?

"잠깐 들어가도 돼? 프린터 용지가 모자라서 채워 넣어야 하는데, 종이 안에 있지?"

"아, 응. 들어와."

아, 그러고 보니 3반이면 혜성이랑 같은 반인데. 자기 반 애가 고민 상담 와중에 들어오면 좀 그러려나. 심지어 얘 사연은 반에 친구가 없다는 거였는데.

"아니, 잠시만. 들어오지 말아 봐. 저기, 밖에 임혜성인데 들어와도 괜찮아?"

"괜찮아. 어차피 쟤도 같은 반이라 나 친구 없는 거 아니까……."

나는 웬만해선 눈물이 안 나는 사람인데, 오늘따라 몇 번 눈물이 날 것 같네.

"임혜성, 이제 들어와도 돼."

그는 눈치를 보며 재빨리 구석에 있는 용지 한 뭉치를 챙기고는 눈을 마주칠 새도 없이 뒤도 돌아보지 않고 부실을 나갔다.

"음, 이어서 얘기할까?"

그 이후로도 한참을 이야기했으나, 안타깝게도 내게 친구를 사귀는 법을 물어보는 건 원어민 선생님에게 한국사를 물어보는 것만큼이나 의미 없는 일이었다.

* * *

"친구는 어떻게 사귀는 걸까."

"같이 있는 시간이 많으면 자연스레 친해지겠지."

그건 임혜성 너같이 여유로운 애들이나 그렇게 생각하는 거라고, 라며 되받아치려고 했는데, 이어서 그가 한 말은 내 입을 다물게 하다못해 순간 생각하는 것까지 멈추게 했다.

"나도 네 친구잖아. 아냐?"

"뭐?"

"너 스스로 친구가 없다고 생각해서 물어본 거 아니었어?"

아니, 얘는 방금 내가 무슨 내용으로 상담했는지 알면서 이렇게 해석할 수가 있나. 그런데 그런 것보다 더 신경 쓰이는 건, 지금 이쪽을 바라보는 소원의 눈빛이 상당히 흉흉하다는 거다.

"그러니까, 너랑 내가 친구라고?"

"비밀도 공유하고, 동아리도 같잖아. 이게 친구가 아니면 뭐겠어?"

비밀은 공유하고 싶어서 공유한 게 아니고, 동아리는 그 비밀 유지를 위해 세운 수단이지 않은가. 아무래도 혜성이 책을 잘못 집어 먹었나 보다 생각하며 도서관을 나가려던 찰나, 소원이 조심스레 내 옆으로 다가와 쪽지를 건넸다. 펼친 쪽지 안에는 내심 기다려 왔던 그녀의 말이 정갈한 글씨로 적혀 있었다.

'오늘 수업 끝나고 2반 앞으로 갈게. 저녁 같이 먹자. 할 이야기가 있어.'

저번에 하려던 말을 드디어 해 주려는 건가. 나는 그녀의 조급함에 화답하듯 종이를 얼른 주머니에 구겨 넣고서는 서둘러 반으로 돌아갔다.

나는 화괴가 사람에게 어떤 방식으로 해를 끼칠 수 있을지 오후 내내 생각해 보았다. 근데 애초에 화괴는 허락을 받은 사람의 기억만 먹을 수 있댔는데, 그럼 결국

자업자득 아닌가? 총에 맞아 죽은 사람이 총을 탓하진 않듯이 말이다.

수업이 끝나고, 저녁을 먹기 위해 학생들의 발길이 바빠졌을 즈음, 창문 너머로 나를 기다리는 소원의 얼굴이 비쳤다.

"아, 빨리 나왔네? 밥 먹으러 가자."

나는 얼른 가자며 재촉하는 소원을 따라 급식실로 향했다. 확실히 눈에 띄는 애라 그런지 애들 몇몇이 소원의 눈치를 슬쩍 살피긴 했지만, 그런 시선조차 급식실 인파에 묻혀 이내 사그라들었다. 자리에 앉자마자 소원은 이 순간만을 기다렸다는 듯 곧장 입을 열었다.

"난 유명한 무당인 어머니의 딸이었지만, 영적 재능은 그다지 없었어."

대충 감은 잡고 있었다. 혜성이 언급한 적도 있고.

"아는 것이라도 많으면 재능을 보완할 수 있다고 생각했고, 국내에서 일어났던 온갖 미제 사건들을 공부했지. 내가 화괴의 존재를 안 것은 공부를 시작한 지 한참 뒤의 일이었어. 화괴에 관한 내용은 내가 알기론 딱 하나만 알려져 있거든."

몇 년을 공부해야 화괴의 존재를 파악할 수 있을 정도면 무척 드물긴 한가 보구나. 긴 서두를 끝으로, 그녀는 내가 몇 번씩이나 머릿속으로 그려 봤던 것과는 전혀 다른, 상상도 못 한 이야기를 들려 주었다.

"화괴는 예전에 한 마을의 아이를 살던 마을로부터 완전히 고립시킨 적이 있어."

기록에 따르면, 한 시골 마을에 살던 아이가 길 잃은 소년을 마을로 데리고 왔다고 한다. 그런데 소년이 온 이후로 마을 사람들은 아이에 대한 기억을 모두 잃어 가기 시작했다. 끝내는 아이의 부모님마저 아이의 존재를 잊는 지경에 이르렀다. 아이는 모든 것을 기억하고 있었기에 자신이 이 마을 사람임을 주장했지만, 결국 그 아이는 소년과 함께 마을을 떠날 수밖에 없었다.

"그 소년이 바로 화괴야. 마을 사람들이 가진 아이에 대한 기억을 전부 먹어 버린 거지."

만약 기록이 사실이라면, 소원의 말대로 마을 사람들의 기억을 지운 범인은 화괴가 확실했다. 그러나 나는 모든 상황을 파악하고 있는 듯한 그 기록이 어떻게 전해졌는지 의문이 들었다. 그 상황을 전하려면 그 글을 쓴 사람은 아이 본인이거나 화괴여야만 했다.

"그거 실제 있었던 일 맞아?"

"확실해. 이런 기록을 거짓으로 남기면 분명 신벌을 받게 된다고. 빠진 내용은 있을 수 있어도, 그 내용은 분명 진실이야."

이거, 확실히 혜성이 들으면 안 되는 이야기구나. 어수선한 급식실에서는 설령 혜성이 있더라도 그가 이야기를 듣기는 힘들 것이다. 다만 신경 쓰이는 구석이 있다면, 아무리 둘러봐도 급식실에 혜성이 보이지 않는다는 거였다.

"내가 걱정돼서 이런 이야기를 해 준 거지?"

"맞아. 아까 내가 임혜성이 너보고 친구라는 거 부르는 거 보고 얼마나 기겁했는지 알아? 명심해. 왜 같은 동아리에 있는지 모르겠지만, 절대 더 엮이려 하지 마."

"그 동아리는 내가 만들자고 했어. 걔가 책을 하도 먹어 대서 골치였거든. 그래서 먹을 수 있는 사람의 이야기를 구해 달라는 부탁을 내가 들어주기로 했지."

말이 끝나기 무섭게, 소원은 아까보다도 훨씬 심각해진 표정으로 들고 있던 젓가락을 내려놓았다.

"전부터 느꼈지만, 너도 평범하지는 않구나?"

본인도 말하고 난 뒤에야 실례가 된다는 걸 알았는지, 소원은 아차 싶은 표정으로 방금 말은 무시해 달라고 부탁했다.

"나도 내가 어딘가 나사 빠진 건 알아."

"내가 미안해. 마음에 담아 두지 마, 응?"

"아냐. 보통 같으면 괴물이랑 마주한 순간 기절해서 쓰러졌을걸. 걔가 책을 먹는 걸 나한테 들켜서 이 상황이 된 거니까."

"너, 걔가 괴물 모습일 때 마주쳤던 거야? 참 간도 크다. 걔도 너도."

"금방 인간의 모습으로 돌아왔으니까. 만약 맹수 모습으로 나를 협박했다면 책 분실은 신경도 안 쓰고 도망쳤을지도 몰라."

"보통은 거기서 책 분실을 생각하지는 않거든."

* * *

양지혜는 오늘 급식을 먹는 대신 매점으로 향했다. 메

뉴가 그렇게 좋지도 않았고, 같이 먹을 친구가 없다는 게 상담을 하고 나니 더욱 실감이 나 괜히 외로워졌기 때문이다. 수업이 끝나고 짐을 챙기려 한 그 순간, 멀리서 종종 들어 온 목소리가 그녀 뒤에서 들려왔다.

"어디 가? 급식실?"

"어, 아니. 매점 가려고. 오늘 급식 별로라."

"아, 그래? 메뉴 아직 확인 안 해서 몰랐네. 이왕 이렇게 된 거, 나랑 같이 갈래?"

양지혜 앞에 나타난 사람은 같은 반의 임혜성이었다. 혜성은 주변에 누가 없는지 슬쩍 둘러보고는 얼른 가자며 양지혜를 재촉했다. 양지혜의 자리는 창가 쪽이었고, 어느새 지고 있는 저녁 태양이 양지혜의 뒤를 붉은빛으로 비추었다. 혜성은 고즈넉한 햇빛에 감싸진 그녀의 모습에서 잠깐 그리운 누군가를 보았다. 그 사람은 그의 첫 친구이자, 자신을 지금 이렇게 만든 장본인이기도 했다.

매점에 도착하자마자, 양지혜는 얼른 자신이 자주 먹던 빵을 집어 들었다. 그녀가 계산대에 가자마자, 그는 얼른 현금을 꺼내 그녀의 빵값을 대신 계산했다.

"아니, 이걸 네가 왜 계산해? 그것보다, 배 안 고파?

왜 아무것도 안 골랐어?"

"아까 점심을 너무 많이 먹어서. 이건 미안해서 사 주는 거니까 그냥 얻어먹어."

"네가 왜 미안해?"

"그게, 사실 아까 네가 상담하던 걸 들어 버렸거든. 그냥 넘기기는 좀 그래서……."

양지혜의 얼굴이 확 달아올랐다. 그러나 그녀는 오히려 괜찮다는 듯 손사래를 치며 한껏 미안한 표정을 짓는 혜성을 달랬다.

"괜찮아! 네가 일부러 들은 것도 아니고. 아까 들어오려 했을 때 우연히 들었을 수 있진 않을까 생각했어."

"그렇게 말해 주니 고맙네. 그래도, 빵 하나 가격으로 사과를 표하기는 역시 모자라지?"

혜성은 해라고는 전혀 없어 보이는 깨끗한 웃음을 지으며 양지혜를 빤히 바라보았다.

"기분 나쁘지 않으면, 내가 자리를 마련해 줄까?"

"응?"

"나도 반 친구들이랑 그리 친하게 지내는 편은 아니지만, 평소에 얘기하는 애들은 꽤 있거든. 같이 놀 기회가 생기면 너한테도 도움이 되지 않을까?"

양지혜는 그의 말이 당황스럽게만 여겨졌다. 자신이 전학생인 것도 아니고, 학교에 다시 등교한 지도 오래됐는데 이제야 그런 자리를 갖기도 부끄러웠다.

"혹시 그게 불편하면 나랑 같이 다녀도 되고. 너도 알다시피 난 밥 혼자 먹거든."

"어, 좀 생각해 볼게. 우리가 친한 것도 아니고, 상담 하나 들은 일로 이러는 건 웃기잖아."

혜성은 이 정도는 예상했다는 듯 거절에도 전혀 흔들리지 않는 미소를 유지하며 금세 다음으로 준비했던 말을 내뱉었다.

"사실 사과는 핑계고, 너랑 친하게 지내고 싶어서 그런 거라면?"

양지혜에게 특별한 감정이 있어 이러는 것은 아니었다. 자신이 기억을 지움으로써 누군가에게 상처를 줬다는 사실이 가라앉은 과거의 죄책감을 끌어올렸다. 그 죄책감은 누군가의 모습을 조금의 공통점만으로도 아무한테나 씌우기 충분했고, 혜성은 이 행동이 실수라는 것도 모른 채 그 이상한 기분을 따르고 있었다. 마치 그녀를 구원하면 예전의 자신도 용서받을 수 있지 않을까 하는, 크나크고 어리석은 착각.

양지혜는 나중에 말해 주겠다며 급히 자리를 피했다. 그녀가 자리를 뜬 지 얼마 되지 않아, 혜성은 등 뒤에서 순간 오싹함을 느꼈다. 언제부터인가 친근하게 느껴지면서도, 지금만큼은 그렇게 무서울 수 없는 누군가의 살기가.

* * *

나와 소원이 남은 배를 채우려 매점으로 향했을 때, 방금 고민 상담부를 찾아왔던 양지혜와 혜성이 같이 있는 모습이 눈에 들어왔다. 무슨 일이냐며 인사를 건네려던 찰나였다. 혜성이 그녀에게 한 말을 듣는 순간, 소원의 표정이 여느 때보다 심각한 얼굴로 굳기 시작했다. 쟤는 대체 무슨 생각으로 저러는 거냐며 소원에게 물어보려던 찰나, 그녀는 양지혜가 사라지기 무섭게 부적을 꺼내는 것조차 잊고 임혜성에게 달려들었다.

"네가 드디어 돌아 버렸구나."

소원은 옷이 늘어질 정도로 혜성의 멱살을 세게 잡았다. 그는 꿈에서 깬 어린아이처럼 퍼뜩 놀란 얼굴을 지으며 멱살을 잡는 소원의 손을 뿌리치지 않고 그대로 받아들였다.

"진짜로 친해지고 싶어서 다가가도 경고해야 할 판에, 대체 뭘 하려고 아무것도 모르는 인간한테 접근하는 거야?"

"고민을 해결해 주고 싶었어."

둘의 시선은 저절로 뒤에 있던 내게 향했다. 나는 내가 어떤 표정을 짓고 있는지 다시 생각해 보았다. 나는 심각한 표정을 짓고 있었나? 아니면 우울해하고 있었나? 일그러지는 그의 얼굴을 보니, 그의 죄책감을 유발하기에는 충분했던 모양이다.

"앞으로 너는 저 애는 물론이고, 세월이하고도 친구로 엮일 일은 없을 거야. 내가 다 말했거든. 화괴랑 엮인 인간이 어떤 꼴이 되는지."

"그게 무슨 소리야?"

"너도 들어서 알지 않아? 화괴 하나가 마을 전체의 기억을 먹은 사건을. 그로 인해 행복한 가정과 사랑하는 친구들 사이에서 살던 아이가 한순간에 살아갈 이유를 잃어버린 일을!"

그 말이 끝났을 때 혜성은 어떤 표정을 짓고 있었더라. 하나는 확신할 수 있었다. 늘 약간의 내숭과 가식이 섞여 있었던 평소와 달리, 그때 그의 얼굴은 그의 뚜렷한 절망을 온전히 보여 주고 있었다고.

"임혜성. 네가 괴물인 것과는 별개로, 상담 이외 시간에 걔 일상에 개입하는 건 문제가 있어."

"그렇지만, 세월아. 난 정말 도와주고 싶……."

"임혜성."

그는 어떨 때는 몇백 년 산 노인 같으면서도, 인간이 아니기에 가지지 못한 어리숙함과 어리석음이 드러날 때가 있다. 그럴 때의 그는 어린아이처럼 느껴졌고, 나는…….

"내가 왜 고민 상담부를 만들었는지, 기억해?"

"당연히 기억하지. 먹을 이야기를 찾아다니지 않도록 하기 위해서였잖아. 기억을 지우고 싶은 아이들이 저절로 찾아오도록. 그런데 이건 왜……."

"그래. 찾아다니지 않고 찾아오도록. 그런데 너는 왜

기억을 먹을 필요도 없는 인간한테 다가가고 있는 거지?"

이런 말을 하면, 너는 상처받은 표정을 지어 보일까. 그건 진심으로 짓는 걸까, 아니면 가식을 섞어 보여 주는 걸까. 후자라고 해도 나는 비난하지 않을 것이다. 나도 그런 점에서는 별다를 것이 없으니까. 나는, 다만 괴물인 그가 정말 인간인 듯 행동하는 것이 어딘가 애처로워 신경이 쓰이면서도 어딘가 나와 닮았다는 점에, 아니 정확히는 그런 생각이 든다는 점에 짜증이 치솟았다.

"약속이 다르잖아, 안 그래? 네가 제대로 된 친구를 만드는 게 가능할 것 같아?"

소원의 표정은 그리 개운해 보이지 않았다. 내가 혜성에게 거리를 두는 건 그녀도 바라는 일일 텐데.

"걱정하지 마, 윤소원. 얘랑 나는 애초에 친구도 아니고, 그렇게 될 수도 없으니까. 저번에는 걔도 그냥 한 말일 테고. 그렇지?"

그를 괴물이라 말하며 대놓고 거리를 두는 소원의 태도를 탐탁지 않게 여긴 건 사실이다. 그러나 '대놓고'라는 부분이 거슬렸을 뿐, 나는 그 외에 대해서는 비슷하게 생각했나 보다.

"어? 어, 그렇지……. 그래, 좋은 생각이야."

"임혜성, 그럼 우리는 먼저 돌아가 볼게. 저녁시간 끝나기 전에는 와. 이번 일은 알아서 선 안 넘도록 잘 마무리하고."

그 말을 마치고, 나는 일부러 혜성의 얼굴을 보지 않은 채 뒤돌아갔다. 소원은 그와 나를 번갈아 쳐다보며 어딘가 불편한 표정을 지어 보였다. 아, 어쩌면 그녀는 나와 반대였던 걸까. 괴물이 싫다고는 말하지만, 사실은 그녀가 괴물과 적대적인 입장이기에 그렇게 말한 것뿐, 사실은 혜성을 어느 순간 인간처럼 보고 있었는지도 모르지.

"괜찮아? 표정이 안 좋은데?"

"아, 아냐. 괜찮아. 그냥, 나는 네가 임혜성을 그래도 가까운 사이로 여기는 줄 알았는데, 그렇게 생각하고 있을 거라곤 상상도 못 해서. 그렇게 생각하고 있었다니 다행이네. 그렇지……."

그동안 나름 인간다운 태도를 보여 온 혜성에게 소원은 조금이나마 기대를 걸었을지도 모른다. 그가 고민 상담부원을 제외한 다른 이들과 가까이 지내지 않으려는 모습 또한 그중 하나였을 것이다. 화괴가 인간과 가까이 지내면 안 된다는 건, 소원도 혜성도 알고 있었으니까. 그래서 혜성이 양지혜에게 접근했을 때 소원은 화가 난 거겠지.

"너도 알잖아. 나는 걔 괴물 모습도 봤는걸. 임혜성이라는 존재로 볼 수는 있지만, 인간으로 보기에는 아무래도 무리지."

하지만 이런 내 생각을 그녀에게 직접 말해 준다면, 그녀는 나에게 왜 그런 식으로 말하냐며 짜증을 내겠지. 얘는 괴물을 싫어한다기보다는, 그러려고 노력하는 애로 보이니까.

* * *

수업이 시작하기 전, 양지혜는 혜성을 몰래 불러냈다. 혜성이 아까 했던 제안은 힘들 것 같다는 말을 어떻게 돌려 하나 고민하던 찰나, 양지혜 쪽에서 먼저 입을 열었다.

"네 제안을 받아들이기는 좀 힘들 것 같아."

"응?"

"아무리 호의를 가졌다고 해도, 내 상담을 들은 직후 그런 제안을 한 거잖아? 너는 어떤 생각으로 그런 말을 했는지 모르겠지만, 솔직히 불쾌했거든."

생각보다 직구로 들어오는 말에, 혜성은 차마 당황한 기색을 숨기지 못하고 연신 미안하다는 말을 건넸다. 양지혜는 금방 괜찮다며 혜성을 달래고는 할 말이 남았는지 다시 입을 열었다.

"하지만 덕분에 하나 깨달은 건 있어. 생각해 보니, 나는 상대방이 먼저 다가와 주기만을 바랐지, 내가 먼저 다가갈 생각은 안 했더라고. 무의식적으로 내가 다가가면 무조건 거절당할 게 분명하다고 생각해서 그랬나 봐."

그녀는 그 말을 하며 속이 시원한지 활기가 담긴 웃음을 씩 지어 보였다. 혜성이 양지혜에게 다가갈 때 짓던 웃음과는 어딘가 다르면서도 호감을 자아내는 상쾌한 미소였다.

"아무래도 네가 나한테 했던 것처럼 애들한테 적극적

으로 다가가야 할 것 같아. 가만히 있으면 알아서 될 거라고 생각한 게 오히려 멍청했지."

그렇게 혜성은 준비한 말은 아무것도 하지 못한 채 깔끔하게 거절당했다.

"그럼 들어가자. 곧 수업 시작하겠다."

혜성은 잠깐 멍하니 서 있다 양지혜의 말을 듣고 난 뒤에야 퍼뜩 정신이 들었다. 그날 오전 내내 혜성은 고민 상담부 애들과는 어떻게 화해를 해야 할지 고민하느라 수업도 제대로 듣지 못했다.

* * *

"고민이 있어서 왔는데요."

"너도 우리 부원이면서, 동아리에 고민 있다고 찾아오기 있어?"

혜성이 화해를 위해 택한 방법은 일단 정공법이었다. 그렇다기에는 선택한 방식이 조금 치졸하긴 했지만.

"우선, 아무 생각 없이 양지혜에게 따로 접근한 거 사과할게."

"그래도 잘못한 건 알고 있네."

"그래서, 너희랑 어떻게 화해하면 좋을까? 아무리 생각해 봐도 모르겠더라. 그래서 상담하러 왔어."

이 타고난 철면피를 어떻게 하면 좋냐.

"앞으로는 이런 일 없도록 약속해. 그리고 나도 말이 좀 심했어. 미안해."

"응. 괜찮아."

"그리고, 양지혜 일은 어떻게 됐어?"

"아, 그거 말인데, 잘 해결됐어."

혜성은 양지혜와 무슨 대화를 나눴는지 상세히 설명했다. 결과적으로 그녀가 그 일을 통해 고민을 해결한 것까지 전부. 생각보다 괜찮은 결과에 따질 의욕이 사라졌다.

"넌 양지혜한테 진짜 감사해라. 그렇게 좋게 받아들여 주는 애도 드무니까."

"그렇게 생각하고 있어. 좋은 애인 것 같으니 금방 친구도 생길 거야."

"내가 보기에도 그럴 것 같아."

나름 화해라고 하긴 했지만, 역시 어제 이후로 혜성과

나 사이의 거리는 이전보다 많이 멀어진 것 같았다. 내게 말을 걸 때 무의식적으로 멈칫거리거나, 내게 부탁하는 걸 종종 어려워하는 모습을 볼 때마다 그 사실을 자각했다.

얼마 지나지 않아 이전보다 훨씬 밝아진 얼굴의 양지혜가 도서관을 찾아왔다. 그녀는 상담해 줘서 고맙다는 말과 지금은 좋은 친구들을 사귀었다는 후기를 전했다. 어떻게 친구들을 사귀었냐고 묻자, 어쩐지 소원이 그 이야기에 상당히 관심을 가지는 듯 보였다.

"그게, 우리 반에 세 명이 같이 다니는 그룹이 하나 있거든. 근데 이번 조별 과제가 네 명이 하는 거길래, 같이 하자고 먼저 접근해 봤지. 자연스레 밥도 같이 먹고, 그렇게 친해졌어."

"설마 과제 혼자 다 한 건 아니지?"

"에이, 아냐. 다들 자료 조사도 잘해 줬고, 발표도 다른 애가 맡았어. 피피티밖에 안 만들었는걸. 과제 끝나고도 다 같이 잘 지내고 있어."

정말 좋은 애들을 만났나 보네. 나는 잘됐다며 적당히 맞장구를 쳤고, 소원은 구석에서 뭔가를 끼적이고 있었다. 조금 애잔해지려고 하는데.

“윤소원. 앞으로 저녁 같이 먹을래?”

“어? 난 괜찮은데, 넌 먹는 친구 없어?”

“누구 놀리냐? 없어. 저번에 우리 반으로 왔을 때 못 느꼈어?”

뭐, 그날 본 소원의 표정이 좀 찜찜하긴 하지만, 그녀와는 거리가 멀어졌다거나 하는 건 별로 느끼지 못했다. 지금 소원의 표정이 밝아진 걸 보면 아무래도 그 생각이 맞는 것 같았다.

8. 잊으려 해도 잊을 수 없는

5월 연휴가 끝난 지 얼마 되지 않아, 우리는 의외의 인물을 다시 만나게 되었다. 김해원. 소설가가 꿈이었지만, 가족의 반대로 인해 꿈을 포기하고 싶다고 찾아온 애였다.

"그래서, 이게 단순히 취미로서 즐거운 건지, 아니면 내게 맞는 일이 이건지 잘 구분되지 않아서 말이야."

그때의 상담으로부터 얼마 지나지 않아, 그는 평소에 떠오른 이야기를 바탕으로 소설을 조금씩 쓰기 시작했고, 아마추어 연재 사이트에 올려 봤다고 했다.

"흔한 소재는 아니라 사람들 취향에 맞을지 걱정했는데, 연재분이 쌓이다 보니 댓글도 많이 달아 주고, 응원하는 사람도 점점 늘어나고 있어."

최근에는 사이트 내에서도 순위권에 들기 시작했다고 한다. 그러자 그는 만약 자신이 글로 먹고사는 길을 택한다면 어떨지 상상하게 되었다고 했다.

"하지만 작가는 아무래도 불안정한 직업이잖아. 내가 공부하기 힘들어서 도피처를 찾느라 이런 생각을 하게 된 걸지도 모른다는 생각이 들었어."

참 이상하지. 이건 작가라는 꿈을 탐탁지 않게 여기던 그의 부모님이 할 법한 말이었는데.

"하지만 충동이라기에는 글을 쓰는 게 너무 즐거운 걸. 왜 진작 이러지 않았나 싶을 정도로."

만약 그가 자신이 과거에 소설가를 꿈꿨다는 사실을 알게 된다면, 그는 이게 단순 충동이 아니라 자신이 정말로 원하는 진로라는 걸 깨닫게 될 것이다. 이미 그는 소설가라는 꿈을 포기한 전적이 있었다. 기억을 잊어도 다시 떠올릴 정도의 꿈이라면, 그게 정말 그가 걸어가야 하는 길이 아닐까.

"음, 이건 아무래도 너도 생각할 시간이 필요할 것 같네. 여러 번 상담해 봐야 하지 않을까? 며칠 시간을 두고 고민해 봐. 지금까지 들은 걸 생각하면 그쪽으로 진로를 정하는 것도 나쁘지 않은 것 같아. 반응도 좋다며? 소질도 있고, 흥미도 있잖아?"

"그렇게 말해 줘서 고마워. 가족한테 상담할까도 고민했는데, 제대로 된 확신도 없이 다른 길을 가고 싶다고 하는 것 자체가 좀 힘들었거든."

"그래서 우리 동아리가 있는 건데, 뭘. 시간 나면 언제든지 찾아와."

김해원이 자리를 뜨고 난 뒤, 나는 예전에 그의 상담 기록을 찾아보기 위해 3월 자료를 꺼내 들었다. 그가 소설가를 어렸을 때부터 꿈꿨다는 이야기. 하지만 가족에게 그 꿈을 무시당한 일. 끝내는 이제 이룰 수 없는 꿈으로 고통받기 싫다며 기억을 지울 수 있으면 그렇게 하고 싶다고 부탁했던 모습. 모든 것이 그곳에 고스란히 적혀 있었다. 이룰 수 없는 꿈은 있어도 잊을 수 있는 꿈은 없는 것 같다. 기억뿐만이 아니라 몸에 밸 정도면 더욱. 한창 기록을 읽던 도중 혜성이 부실로 들어왔다.

"예상하긴 했지만, 생각한 것보다도 훨씬 빠르네."

"예전에는 소설 연재했다는 소리를 듣지 못했는데,

왜 기억을 잃은 지금에서야 그런 시도를 했을까?"

"아마 죄책감의 무게가 달랐기 때문이 아닐까."

"죄책감의 무게?"

"만약 네 꿈이 소설가인데, 부모님이 반대해서 포기했다고 생각해 봐. 그럼 그 상황에서 인터넷에 소설을 연재해 보고 싶다는 생각을 할 수 있겠어?"

"보통은 힘들지?"

"하지만 취미로 글을 써 보는 건 어떨까 싶어 소설을 쓰고 올려 보는 건? 전자보다는 부담이 덜하지. 취미일 뿐이라는 회피책이 있으니까 부모님을 배신했다는 죄책감도 크게 없을 거고. 기껏해야 공부에 투자할 시간이 줄었다는 정도의 죄책감?"

"그러니까, 오히려 꿈이 소설가가 아니라서 쉽게 실행에 옮길 수 있었다?"

그러나 지금의 태도를 보면 그는 얼마 있지 않아 자신의 진로를 작가 쪽으로 바꿀 것 같았다. 그렇게 되면 그의 고민은 반복되겠지. 그가 꿈을 떠올리는 한, 필연적으로 그는 꿈을 포기하는 선택을 마주하게 된다. 그가 그 반복을 깨기 위해 온 힘을 다해 고리를 부수지 않는 이상.

“그가 다시 소설가라는 꿈을 가지고, 그래서 같은 고민으로 이곳에 오게 된다면 계속 그의 꿈을 먹어 주는 게 맞는 걸까?”

너는 어떤 대답을 할까. 얼마 전이었다면 그의 대답을 ‘우선은 매번 지워 주는 게 낫지 않을까’라는 식으로 예상했을 것이다. 그러나 지금은 그렇게 생각하지 않았다. 그가 결코 인간답다는 건 아니지만, 어딘가 괴물답지 않은 구석이 조금씩 생겨나고 있단 걸 알기 때문이었다.

“솔직히 말하면, 그의 이야기는 맛있긴 했지만, 난 그걸 다시 먹는 일은 하고 싶지 않아.”

“넌 기억을 먹어야 하는 거 아니었어?”

“그런 건 예전에 물어봤어야지.”

“그냥, 처음이랑은 많이 달라진 것 같아서.”

어느 순간부터 나는 그가 평소 어떤 생각을 하고 있을지 계속 분석하기 시작했다. 그에게서는 표정만으로 감정을 읽어 내기가 힘들었다. 그러나 그게 진짜 이유가 아니라는 건 나 자신도 잘 알고 있었다.

“나도 그런 걸 느끼고 있어. 특히 널 대하는 날 보면 말이야."

"날 대하는 너?"

"처음에는 정말 도구로만 봤거든. 솔직히, 이 정도 살면 인간이 인간으로 안 보여."

나머지 이유는, 그건 속으로 생각하기에도 말도 안 되는 미친 내용이라 차마 머릿속에 담을 수도 없었다. 그래서 착각이라고, 그가 괴물이라는 걸 알고 있기에 그냥 특별하게 여겨지는 거라고 넘겼다. 그리고 대화에 다시 집중했을 때, 혜성이 하는 말은 가관 그 자체였다.

"근데, 너는 어딘가 많이 위태롭단 말이지. 어떻게 보면 고민 상담부는 날 위한 게 아니라 널 위한 거 같기도 해."

"날 위한 거라니, 무슨 뜻이야?"

"솔직히 말할까? 나는 가끔 네가 인간으로 안 보여. 인간성이 별로 안 느껴지거든."

"그거 시비야?"

"아니, 그냥, 신선해서 재밌다는 말을 해 주고 싶었어."

"두 번 신선하다가는 사람 잡겠네."

"사실 그냥 말한 건 아니고, 이제 너한테 말할 때는 가식을 좀 빼도 되겠다 싶어서."

좋은 판단이네. 나도 그의 말에서 일일이 껍질을 벗겨내며 이해하는 것보다 그게 훨씬 편하니까. 우리 옆에서 이 대화를 듣고 있는 소원이 대체 이 인간들은 무슨 대화를 하는 거냐는 표정으로 바라보고 있는 것만 빼면.

"음, 솔직히 너희가 지금 무슨 이야기를 하는지는 모르겠는데, 김해원이 예전에도 온 적이 있었다고?"

"아, 네가 들어오기 전에. 그러고 보니 너, 애초에 김해원의 고민 자체가 말끔하게 사라졌다는 소문 듣고 찾아온 거 아니었어?"

"고민 자체를 아예 없애 줬다는 소리를 듣고 오긴 했지만, 그게 쟤라는 말은 못 들었다고. 그래서, 간단한 기억도 아닌, 사람이 갖고 있던 꿈 자체를 먹었다고? 제정신 맞아?"

"지금 생각해 보면, 일단 얘한테 뭐라도 먹여야겠다는 생각에 시야가 좁아지긴 했지."

"조금만 학교를 일찍 조사해 봤어도 이 참사는 막을 수 있었을 텐데 말이지."

다행인 건, 조금이나마 실수를 만회할 수 있는 두 번째 기회가 주어졌다는 점이지.

"그래도 윤소원 덕분에 본론으로 돌아오긴 했네. 임혜성 재가 갑자기 이상한 소리를 해서 화제가 산으로 갔었는데."

"이상한 소리라니, 진심이었다고."

그 후 우리는 한참이나 김해원의 일로 이야기를 나누었다. 소원은 심각한 표정을 지은 채 김해원의 자세한 상담 내용을 들었고, 그가 꿈을 포기하려 했다는 말을 할 때는 탄식까지 했다. 더는 그의 기억을 먹지 않겠다고 말한 혜성의 의견을 존중했고, 그가 무슨 짓을 당했는지 알 수 있도록 상담 기록을 보여 주라는 소원의 말을 따르기로 했다. 최대한 합리적으로 판단하는 나와 다르게, 소원은 일어날 가능성이 있는 여러 상황을 자주 생각한다. 이야기를 지워 트라우마를 해결한 일을 말했을 때, 그녀는 이야기에 관여하는 다른 인물까지 생각하며 앞으로 일어날 일을 걱정했다. 혜성은 그녀와 조금 다르긴 했으나, 사람의 마음이 어떤 방식으로 작동하는지 적어도 나보다는 훤히 꿰고 있었다. 이번 일만 해도 그는 김해원이 잊었던 꿈을 금방 되찾을 것을 알고 있었으니까.

"조금 부끄러운 이야기긴 한데,"

"응?"

"너희가 없었으면 우리 동아리는 금방 망했을 거야."

낯간지러운 말을 들은 소원의 얼굴이 순간 붉게 달아올랐다.

"내가 뭘. 솔직히 말해서 난 한 게 거의 없는데."

"그렇긴 해. 상담도 내가 다 하고."

"어째 뒤에 덧붙인 말이 더 진심 같은데."

소원의 얼굴은 참 솔직하다. 나는 내 이성적인 점을 싫어하진 않지만, 저렇게 사는 건 어떤 기분일지 그녀를 보면 생각해 보고는 한다. 꽤 긴 대화 끝에, 우리는 김해원에게 예전 기록을 보여 주고 우리가 그의 꿈에 관한 기억을 지웠다는 것을 설명해 주기로 했다.

김해원은 며칠 후 다시 도서관을 찾아왔다. 그의 얼굴은 마냥 해맑아만 보이던 저번과는 조금 다른 진지한 모습이었다.

"상담하고 나니 이쪽 진로를 훨씬 진지하게 생각하게

되더라고. 이런 생각을 말로 표현한 적이 예전엔 없어서 더 그랬던 것 같아."

"그거 말인데, 네가 알아야 할 게 있어."

혜성에게 슬쩍 눈짓을 보내자, 그가 상담 기록지를 넣어 둔 서랍에서 김해원이라는 이름이 적힌 종이를 꺼냈다. 나는 혜성에게 종이를 받아 그것을 그대로 김해원을 향해 내밀었다.

"이게 네가 몇 달 전 우리에게 가져왔던 고민이야."

그가 그 종이를 읽는 짧은 순간 동안, 주변에서 숨소리조차 들리지 않았다. 긴장이 온 사방에 내려앉아 주변의 소리란 소리는 모두 삼켜 버렸다. 김해원이 그걸 다 읽었을 때, 그는 종이에서 눈을 떼고 시선을 우리 쪽으로 돌리며 질문을 건넸다.

"그러니까, 난 원래 소설가가 꿈이었고, 그 꿈으로 고통받는 게 싫어서 꿈 자체를 지워 달라고 부탁했던 거구나. 내가 잘 이해한 게 맞아?"

"응. 정확해."

"내게 이 자료를 보여 주는 이유가 뭐야?"

"처음에는 나도 네 기억을 지우면 문제를 해결할 수

있을 줄 알았어.”

“그런데?”

“하지만 넌 같은 꿈을 가지고 우리 앞에 나타났지. 이대로 내버려 두면, 넌 이전에 같은 고민을 했다는 것도 모른 채 이 일을 반복하게 될 거야.”

그래서 알려 주고 싶었다. 너는 이전에도 한 번 그런 결정을 내린 적이 있었고, 그 결과가 이거라고.

“그래서 우리는 너에게 진짜 마지막 기회를 주고 싶었어. 정말로 꿈을 포기할 건지, 아니면 이 꿈을 선택해서 밀고 나갈 건지.”

“마지막 기회?”

“만약 네가 한 번 더 기억을 지우기를 택하면, 우리는 너에게 상담 기록을 다시는 보여 주지 않을 거야.”

그는 그런 의미의 마지막이구나, 라며 고개를 가벼이 끄덕였다. 그는 심각한 표정으로 입을 꾹 다물었고, 한참이 지나서야 다시 입을 열었다.

“만약 내가 후자를 택하면…….”

“택하면?”

“예전의 내가 겪었던 고통을 다시 겪어야겠지?”

"전자를 택해도 겪지 않으리라는 보장은 없지."

전자를 선택한 결과가 지금의 너니까.

"계속 회피할 건지, 아니면 여기서 끝장을 볼 건지. 선택은 너의 몫이야."

"매정하네. 회피라고 하면, 과거의 내가 너무 안타까워지잖아."

"그 점은 사과할게."

"괜찮아. 그냥 해 본 말이야."

이 이상 무슨 말을 해 줘야 할지 모르겠는 마음에 속으로 한숨만 내쉬고 있었을 때, 갑자기 뒤에 서 있던 소원이 슬쩍 손을 들며 자신이 한마디 덧붙여도 될지 물어왔다.

"그러니까, 물론 난 그때 없긴 했지만, 너는 의사로 진로를 바꾸고 나서도 꿈을 잊지 못해 괴로워했고, 기억을 잃고 나서도 결국 같은 꿈을 갖게 됐다는 거잖아?"

"아직 진로를 바꿀 생각까지는 하지 못하고 있었지만, 이 기록을 보고 나니 역시 그럴 것 같네. 그게 왜?"

"그 정도의 꿈이라면 포기하기 너무 아깝지 않아? 듣자 하니 문제는 가족의 반대인데, 모든 사람이 부모가 바라는 직업을 갖는 건 아니잖아."

사실 나 또한 김해원이 후자의 선택을 고르기를 바라고 있었고, 말속에 넌지시 그런 의사를 섞었었다. 그런데 소원은 아예 대놓고 그에게 소설가라는 꿈을 택하라고 설득하고 있었다.

"부모님 지원을 받으며 의사를 하느니, 졸업하자마자 독립 선언을 해 버려. 나라면 가족이랑 연을 끊더라도 원하는 걸 하면서 살겠다."

"부모님의 지원이 있어야 원하는 걸 할 환경이 뒷받침되는 거 아니야? 의대 아니면 나는 대학 갈 돈도 지원받지 못할걸."

"그러니까 싸워야지. 설득하고. 너, 혹시나 해서 묻는 건데, 부모님이랑 언성 높여서 싸워 본 적은 있어? 아니, 애초에 그분들을 붙잡고 네 꿈을 제대로 말해 본 적은 있고?"

김해원은 소원의 시선을 피하고는 끝내 그 질문에 답하지 못했다. 예전에 심각한 표정으로 찾아왔을 때, 부모님과 싸워서 꿈을 포기한 건 줄 알았는데, 무슨 다른 일이 있었나.

"형 말로는 예전에 내가 가족이 전부 모인 저녁 식사 자리에서 의사가 되고 싶지 않다고 말한 적이 있었대. 기억을 잃고 그 말을 들었을 때는 무슨 소리인가 싶었는데 이 얘기였구나."

"거기서 소설가가 되고 싶다는 이야기는 안 했고?"

"만약 했다면 형이 그 말도 전해 줬겠지."

소원은 답답하다는 듯 자신의 머리를 붙잡는 시늉을 하더니 아까보다도 높은 목소리로 그를 향해 쏘아붙이듯 말을 내질렀다.

"그러니까, 갈등을 빚는 게 무서워서 지레짐작만 하고 있었던 거잖아."

"하지만 부모님은 넌 꼭 의사가 되어야 한다고 매번 말씀하셨는걸. 그 분위기에서 차마 소설가가 되고 싶다는 말은 못 했을 거야. 아버지는 이쪽 직업을 무척이나 싫어하시거든."

"네 꿈이잖아. 네가 주장하지 않으면 누가 들어 줘? 아버지가 싫어한다는 이유로 포기한다면, 의사가 돼서는 행복할 것 같아? 전혀. 넌 의사로 사는 내내 아버지를 원망하며 살걸."

소원의 말은 가시투성이고, 감정적이고, 위로라기에는 글러 먹은 말이다. 그러나 나는 그 말을 막지 않았다. 나는 절대로 해 줄 수 없었던 말이니까. 그녀의 말은 날카로웠고, 마음을 울렸고, 그의 꿈이 소중하다는 것을 알려 주었다. 그래서 나는, 설령 내가 그렇게 생각하지 못하더라도 잠깐 그 말에 편승하기로 했다.

"나는 네 두 선택을 모두 존중하고, 그래서 내 기준으로는 좀 더 올바른 선택이 있다고 생각했음에도 그걸 강요하지 않으려 했어."

그래. 나는 그가 자신의 꿈을 따르기를 원했다. 그걸 소원의 말을 듣고 난 뒤에야 깨달았다.

"하지만 역시 다시 기억을 지우는 건 별로 좋은 선택이 아니라고 생각해."

소원의 말을 들을 때마다 흔들렸던 김해원의 눈빛이 내가 말을 끝마치자 차갑게 사그라들었다. 그러나 그것은 좌절보다는 판단 직전에 생겨나는 냉철함에 가까웠고, 결정을 내려야 할 순간이 왔음을 직감하는 비장함을 닮아 있었다.

"아직 고민할 시간이 필요해. 내 꿈이 소설가였다는

사실을 방금 알았으니까."

"결정하는 건 언제든 괜찮아. 심지어 졸업 직전이라고 해도. 이게 가벼운 일이 아니라는 걸 아니까."

"졸업 직전이면 3학년 아냐? 그때 결정을 내려도 그건 그것대로 문제인데."

농담 아닌 농담에 조금이나마 분위기가 풀렸다. 상담이 끝날 것 같은 분위기가 되자, 기다렸다는 듯 혜성은 김해원에게 마지막 조언을 건넸다.

"너를 위한 선택을 해. 과거도, 지금도, 미래도 모두 만족할 만한 선택을. 지금의 너만 만족할 방법을 선택하면 다른 시점의 네가 널 원망할 수도 있으니까."

'지금의 너만 만족할 방법'이란 아마 꿈을 포기하는 선택을 말한 거겠지. 상담은 그렇게 끝났고, 고민 상담부원 사이에는 꽤 오랜만에 화목한 분위기가 돌았다. 큰 상담 하나에 셋의 뜻이 들어맞았다는 사실 하나가 어떤 사과의 장보다도 효과가 좋았다. 저번의 화해가 정말 형식적이었다면, 이번 화해는 형식 빼고는 모든 것이 완벽한 것 같았다. 물론 그렇다고 소원과 혜성 사이가 갑자기 화목해지거나 그런 일은 없었지만.

* * *

그 주 금요일, 김해원이 집에 돌아오자마자 한 일은 예전에 자신이 쓴 일기를 찾아보는 것이었다. 김해원의 방구석에는 그가 어렸을 때부터 써 온 일기가 있었다. 그는 이사할 때마다 일기장들을 부모님 몰래 챙겼고, 자신의 방 수납함 밑바닥에 그것들을 차곡차곡 쌓아 왔다. 그는 오랜만에 수납함에 보관한 일기장을 꺼내 펼쳐 보았다.

"그러고 보니 고등학교에 들어와서는 일기를 거의 쓰지 않았구나."

그는 조심스레 첫 일기의 첫 번째 장을 펼쳤다. 삐뚤빼뚤한 글씨체와 유치한 내용. 페이지를 넘기고 책을 바꿔 갈수록 글씨는 더욱 정갈해지고, 글쓴이는 점점 성장하고 있었다.

> 책을 읽을 때마다 이런 글을 쓰고 싶다는 생각을 하게 된다. 의사가 된다면 이런 글을 쓸 시간이 있을까?

드디어 단편 소설 하나를 완성했다. 가족에게는 수행평가라고 둘러댔다. 친구에게 소설을 보여 주자, 정말 네가 쓴 거냐며 대단하다고 감탄했다. 인터넷에 올려 보라는 말과 함께.

텔레비전에 좋아하는 작가가 나왔다. 아버지는 작가님을 글쟁이라고 비하하며 텔레비전을 껐고, 나는 아버지가 방에 들어간 뒤로도 전원을 켜지 못했다.

인터넷에 올린 단편 소설에 "다음 작품도 기대할게요, 작가님"이라는 댓글이 달렸다. 얼른 다음 작품을 쓰고 싶어진다.

진로 희망서에 의사를 적었다. 소설가를 적지 못한 것을 후회하지 않는다. 다만 그러려고 시도하지도 않았던 내가 원망스럽다.

소설을 쓰던 노트를 어머니에게 들켰다. 불행인 것은 그 노트가 어머니의 손에 버려졌다는 것이고, 다행인 것은 이 일기만큼은 들키지 않았다는 사실이다.

이번 학년의 진로 희망서에도 의사를 적었다. 그건 나를 제외한 모두에게 이미 당연한 단어였고, 내 진로 희망란은 의사라는 단어 외에 다른 것을 먹이면 곧바로 뱉어 버릴 것이다.

텔레비전에서 작가의 생애를 다룬 다큐멘터리가 나왔다. 아버지는 가난하게 사는 길을 택하는 것은 가족에게 죄를 짓는 일이라고 하셨다.

글이 써지지 않는다. 공부도 손에 잡히지 않는다.

그 많은 문장이 그가 원하는 게 무엇인지 외치고 있었음에도, 소설가가 되고 싶고 될 것이라며 각오한 문장 하나가 없었다. 해원은 자신의 꿈이 가진 소중함을, 정작 잊고 난 뒤에야, 잊혔음에도 그 꿈이 쉽게 사라지지 않는다는 것을 확인하고 나서야 깨달았다. 자신은 이 길을 택하지 않으면 평생을 타인만 원망하며 살 것이다. 분명 자신의 일기지만 남의 시선이 더 많이 들어간 이 일기처럼. 온전히 자신을 원망하고, 자신을 사랑하며,

자신을 믿는 삶. 그 길을 걸을 수 있으려면 자신의 꿈을 쟁취해야 함을, 그는 이제야 알게 되었다.

어서 저녁 먹으라며 부르는 어머니의 목소리가 들려왔다. 해원은 조용히, 하지만 지금껏 가지지 못했던 각오와 함께 방 밖으로 나가 자신의 자리에 앉았다. 마주 보는 자리에는 동생이 있고, 옆에는 어머니가 있으며, 시선을 다시 돌리면 아버지와 형이 보이는 자리에. 금요일 저녁마다 돌아오는 아버지의 안부 묻기가 시작되기도 전에 그는 입을 열었다.

"저는."

그는 차분하지만 약간의 떨림이 새겨진 목소리로 몇 년 동안이나 하고 싶었던 말을 내뱉었다.

"소설가가 되고 싶어요."

어머니는 시선을 피했고, 아버지는 얼굴을 찌푸리며 들고 있던 숟가락을 쨍 소리가 나도록 탁자 위로 내려놓았다.

"단순히 의사가 되고 싶지 않다는 것 정도야, 적성에 안 맞아서 정도로 생각할 수 있지."

아버지의 목소리는 늘 그렇듯 차분했지만, 한마디 한

마디에 날카로움이 깃들어 있었다.

"그런데, 가족은커녕 제 몸 하나 건사하기 힘든 직업을 택하겠다고? 공부에 소질이 없는 것도 아닌 애가?"

"아버지가 시키시니 열심히 공부했을 뿐, 정말 좋아해서 하는 것도 아닌걸요. 하지만 글을 쓰는 건 달라요. 소질 있다는 소리도 들었고, 인터넷에 올린 글도 인기를 꽤……."

"공부할 시간도 모자란 애가 글 쓸 시간은 어디에서 나서? 심지어 인터넷으로 올리기까지 한 거냐? 너를 지원하는 가족이 우스워?"

"우스울 리가요. 우스웠다면 지금까지 말을 미루지 않았겠죠."

"그럼 왜 이제야 이 이야기를 하는 거냐. 고등학교까지 가고, 본격적으로 갈 의대를 알아보는 이 시점에?"

왜 이제야. 아마 고민 상담부가 없었다면, 이 '이제야'는 대학에 입학한 후가 됐을 수도, 아니면 아예 의사가 되고 난 뒤였을 수도 있었을 터였다.

"이제야 가족의 기대를 충족하는 것보다 제 꿈을 우위에 둘 수 있게 됐으니까요."

"그럼, 우리가 네 그 꿈을 지원할 필요가 없다는 것도 알고 있겠지?"

"지원해 달라는 부탁은 하지 않아요. 하지만 제 꿈을 조금만 존중해 주셨으면 하는 마음에 이렇게 말씀드린 거예요. 입시 직전에 말씀드리는 것보다는, 미리 말씀드리는 게 충격도 덜하실 것 같았고요."

"김해원, 너……."

해원은 그 이상 아무런 말도 하지 않았다. 이미 할 말은 충분히 한 것 같았고, 아버지와 더 대화했다가는 어느 순간 홀린 듯 아버지의 말을 따르게 될 것만 같은 공포 때문이었다. 기억을 잃기 전의 자신처럼.

"저는 다 먹었으니, 먼저 일어나 볼게요. 잘 먹었습니다, 어머니."

"너! 당장 앉지 못해! 어디서 어른이 말씀하시는데 버르장머리 없이……."

아버지의 말이 끝나기도 전, 해원은 자신의 일기가 어질러져 있는 방으로 들어갔다. 그러고는 다시 일기를 차곡차곡 정리해 수납장에 넣어 두었다. 쓰다 말았던, 그래서 아직 공간이 남아 있는 마지막 일기를 제외하고는.

"오랜만에 일기에 쓸 말이 생기겠네."

* * *

다시 찾아온 해원은 우리가 그리고 자신이 원하던 선택을 했다. 청소년이 참여할 수 있는 소설 공모전을 알아보기 시작한 것이다.

"물론 공부도 소홀히 하면 안 되겠지. 일단은 문예창작과를 노릴 거야."

"이전보다는 열심히 안 해도 되는 거 아냐?"

"그렇긴 하지. 근데 사실 꼭 그 과를 가야겠다는 마음은 없어. 어느 과를 가든, 배운 내용을 녹여서 글을 쓸 수 있을 것 같거든. 오히려 그게 더 풍부한 글을 쓸 수 있을 것 같기도 해."

작가의 필력에는 개성도 포함되니까. 특이하거나 심도 있는 공부가 가능한 과를 간다면, 작가 인생에서 상당한 경험이 되겠지.

"아무튼, 난 이게 다 너희 덕분이라고 생각해. 너희가 계기를 만들어 주지 않았다면 난 한동안 내 꿈이 중요한

지도 모르고 살았을 거야."

"그렇게 말해 주니 내가 다 고맙네."

어딘가 찜찜하게 마무리되었던 초봄의 사연은, 그 봄의 끝 무렵에서야 우리가 상상할 수 있었던 것 이상의 결말을 지었다.

이 상담의 끝을 맞이하며, 나는 올봄에 우리가 마주했던, 결론이 나긴 했지만 석연치 않은 결과를 맞이했던 상담들을 떠올렸다. 그리고 생각했다. 혹시, 아주 혹시, 그들이 우리에게 다시 찾아와 어떤 변화를 이루었는지 말해 주진 않을까 하고. 그리고 다시 우리의 도움을 청하진 않을까.

내 생각에 응하듯, 봄의 끝 무렵, 잊을 수 없는 또 한 명의 학생이 우리를 찾아왔다.

"상담하고 싶은 게 있어서 왔는데."

유해람. 참 오랜만에 보고 듣는 이름이었다.

9. 끝맺기 위한 고백

유해람은 몇 달 전 짝사랑 문제로 고민 상담부를 찾아온 적이 있다. 이전에는 말을 꺼낼 때 얼굴에 망설이는 기색이 비쳤다면, 지금은 조급하다고 느껴질 정도로 금세 자신의 고민을 뱉었다. 마치 내가 알던 그녀가 아닌 것처럼.

"걔한테 고백하고 싶어."

혹시 몇 달 새에 무슨 좋은 일이라도 있었던 걸까. 그러나 곧이어 나온 그녀의 말은 마음속에서 피어나려는 기대를 짓밟았다.

"잘되길 바라고 하는 건 아니야."

아, 마음 정리를 하려고 고백할 생각인가. 나쁜 생각

은 아니었으나, 진짜 문제는 따로 있었다.

"너희, 기억을 지울 수 있다며? 사실이지, 응?"

"그게 무슨 소리야. 아니, 그나저나 그런 이야기를 갑자기 왜……."

"누군가에게 고백을 받았다거나 하는 기억도 잊게 할 수 있는 거잖아, 그렇지?"

그녀는 그게 유일한 희망이라는 듯 정말 사실이냐는 말만 반복해 물어왔다. 몇몇 학생에게서만 도는 소문이란다. 고통스러운 기억이 상담만 받으면 흐려진다고. 상식적으로는 터무니없는 말이니, 우린 모른 척하면 그만이긴 하다. 하지만 내 입에서 먼저 나온 말은 그것을 잡아떼는 말이 아닌, 고백하고 기억을 지우겠다고 발언한 그녀에 대한 책망이었다.

"네가 지금 무슨 말을 하는 건지 알아?"

고백하고. 기억을 지우고. 혼자 벽에 대고 말하는 거랑 뭐가 다르단 말인가.

"알아. 원래도 알고 있었지만, 입에 담고 보니까 비겁한 일이라는 걸 확실히 알겠네."

"그쪽에서는 아직 눈치채지 못했잖아, 그렇지?"

"아마도."

"그런데 갑자기 네 태도가 바뀌면 걔는 어떻겠어. 영문도 모른 채 당황스러울 거 아냐. 너 혼자 마음 정리하면 뭐 해."

그래. 권다경과 서별이 그랬던 것처럼. 설령 짝사랑이라고 해도, 감정이 오갔을 여지가 있는 이상 이것은 둘의 이야기다. 한 명이 무작정 편법을 써서 끊어서는 안 되는 이야기.

"우리한테 기억 지워 달라는 부탁 같은 건 할 생각도 하지 마. 어차피 지우지도 못하지만."

아마 그녀도 자신의 잘못을 알고 있을 것이다. 한순간 눈이 뒤집혀 이런 부탁을 한 거겠지. 역시나, 그녀는 이내 고개를 푹 숙인 채 기어들어 가는 목소리로 사과를 건넸다.

"미안. 생각이 짧았어. 잠깐 내가 어떻게 됐었나 봐."

내가 뭐라고 말하기도 전에, 옆에서 기록을 작성하던 소원이 선수를 쳤다.

"뭐, 그럴 수도 있지. 이제라도 알면 되는 거니까. 자, 서로 잠깐 진정하고 다시 이야기해 보자."

예전의 소원은 남의 일에 공감은 잘해도 말을 건넬 때 서투름이 느껴졌는데, 옆에서 여러 일을 계속 겪다 보니 조금씩 변하는 모양이다.

"아무튼 고백은 하고 싶다는 거 아냐, 제대로 결론짓기 위해서라도. 그렇지?"

"응. 처음에는 알아주지 않아도 괜찮다고 생각했는데, 어느 순간부터는 어떤 방식으로든 일단 끝맺고 싶더라고."

"그럼 오늘은 그걸 이야기해 보면 되겠네."

"그걸?"

"어떻게 고백할지."

마침 이번 주는 행사 때문에 주말이었음에도 다들 기숙사에 남았다. 해람도, 해람이 좋아하는 그도 이번 주말에는 기숙사에 있을 것이 분명했다. 시간을 잡는다면 자율학습이 없는 주말 저녁 정도가 적당하겠지.

"토요일 저녁 정도가 적당하겠는데, 고백할 때 할 말은 생각해 뒀어?"

"사귈 수 있을 거라는 기대는 안 하니까, 좋아한다는 마음만 전하면 충분해."

그때 나름 자신감이 생긴 줄로만 알았는데, 왜 지금이 오히려 그때보다 표정이 안 좋아 보이는 거지? 그 의문이 들기 무섭게, 소원이 먼저 해람에게 질문을 던졌다.

"그렇게 생각하는 이유라도 있는 거야?"

"그렇게?"

"사귈 수 없을 거란 생각 말이야. 보통 조금은 기대하지 않아?"

망설이는 해람의 모습을 본 순간, 머릿속에서 한 가지 가능성이 스쳤다.

"걔도 좋아하는 사람이 따로 있는 것 같아."

눈치챘구나.

"얼마 전에 자리를 바꾸면서 이야기할 기회가 적어졌거든. 같은 반에 있는데도 얼굴을 자주 못 보니까, 걔랑 같은 동아리에 있는 친구를 만난다는 핑계로 걔 얼굴을 보러 간 적이 있어."

"거기서 뭐라도 들은 거야?"

"들었다기보다는, 걔가 어떤 여자애를 보는 눈빛이 심상치 않더라고. 내가 어떻게 그 눈빛을 모를 수가 있겠어. 친구한테 물어보니까 동아리 안에서는 소문 다 났다고 하더라."

그래. 짝사랑하는 사람의 마음은 같은 처지가 아니면 이해 못 하지. 그 사람이 자신이 늘 지켜보는 상대라면 더더욱.

"안 지는 얼마 안 됐지? 그러니까 기억을 지워 달라는 부탁까지 하며 고백하겠다고 찾아온 거겠지."

"응, 며칠 안 됐어. 그 짧은 새에 별별 생각이 다 들더라고. 다시 말하지만, 곤란하게 해서 정말 미안해."

몇십 분가량 이야기한 끝에 나온 결론은, 그 긴 시간이 무색할 정도로 간단했다. 그냥 유해람 본인이 그동안 느꼈던 감정을 솔직히 전달하는 것.

"일단 평일 안에 문자 보내. 혹시 토요일 저녁 시간 이후에 본관 계단에서 잠깐 볼 수 있냐는 식으로."

"그럼 너무 고백 같지 않아? 눈치채고 안 나오면?"

"에이, 설마 그렇지는 않겠지. 아마도……."

말은 그렇게 했지만, 지세진 입장에서는 좋아하는 사람이 있는 상태에서 엉뚱한 사람에게 고백 분위기가 폴폴 풍기는 문자를 받으면 만나는 것 자체를 거절할 확률도 분명히 있긴 있다.

"정말 곤란하면, 한 가지 방법이 있긴 한데."

* * *

"그래서 내린 결론이 나한테 부탁하는 거였다고?"

내가 건넨 제안은 혜성을 통해 지세진을 불러내는 거였다. 혜성에게 부탁하기로 한 이상 그 애가 누군지 유해람 입으로 직접 말해야 했지만. 예상대로, 그녀가 좋아하는 사람은 지세진이었다.

"뜬금없이 부탁해서 미안."

"미안한 표정은 아닌데."

"눈치 빠르네. 뭐, 애초에 이 동아리를 시작한 게 너 때문인데, 이 정도 협조는 하자."

"평소보다 더 뻔뻔하네. 무슨 심경의 변화라도 있었어?"

"그런 거 없어."

"뭐, 네가 그렇다면 그렇겠지. 토요일 2층 복도, 맞지? 난 휴대전화가 없으니까 내일 낮에 교실에서 말할게."

"그냥 하나 만들지?"

"어차피 내가 인간으로 있는 시간은 그리 길지 않으니까."

하긴 오랫동안 인간의 모습을 유지하면 그만큼 많은 이야기나 책을 먹어야 할 텐데, 그 정도의 양을 구하기는 힘들겠지.

"아, 그리고 나, 토요일에 저녁 먹고 유해람이 고백하기 전까지는 걔랑 학교에 같이 있어 주기로 했어. 애 상태가 불안해 보여서 혼자 내버려 두기 좀 그렇더라고."

"불안하다고?"

"좋아하는 사람의 짝사랑을 안 지 얼마 안 된 상태라서. 이러다 고백으로도 못 잊으면 우리한테 자신이 걜 좋아했던 기억까지 잊게 해 달라고 애원하진 않을까 싶더라."

잠깐. 이게 그가 원하는 바 아닌가? 그런 생각을 하며 그를 쳐다보는데, 이미 눈치챘는지 내가 차마 뭐라고 하기도 전에 그는 그걸 부정했다.

"말했지. 아무 이야기나 먹지는 않는다고."

"양심 챙기는 거야?"

"갑자기 챙기는 것도 아닌데, 뭘. 그건 그렇고, 너 토요일에 학교 갈 때 나도 같이 가자. 너 혼자 보내기는 좀 불안해."

"나 걱정해 주는 거야? 걱정할 것도 없는데. 학교가 무슨 던전도 아니고."

"아니. 네가 뭐 잘못 말해서 걔가 고백하기도 전에 멘탈이 나가면……."

이 자식. 예전에 앞으로 내게 말할 때 가식을 줄이겠다고는 했지만, 이건 그냥 없는 수준인데.

"나 상담엔 능숙해. 말로 상처 준 적은 없다고."

"너는 네 문제를 외면하고 있는 거야, 아니면 그냥 내가 무례하게 말해서 홧김에 억지를 부리는 거야?"

물론 말하는 걸 보면 전자는 아닌 것 같지만, 이라는 말이 작게 들려왔다.

그래. 나는 상담에 가장 적합하면서도, 가장 어울리지 않는 사람이기도 하지.

"나도 멀쩡한 편은 아니지만, 백지장도 맞들면 낫다고 하잖아. 그리고 혹시나 문제가 생기면 내가 있는 쪽이 안전을 보장해 줄 수 있지 않겠어?"

"문제?"

"뭐, 일어나지 않을 확률이 더 높긴 하지만, 교실 책장이 갑자기 무너진다거나……"

"진짜 쓸데없는 걱정이다."

고민 끝에, 나는 유해람에게 혜성을 데려가겠다는 허락을 받기로 했다. 어차피 오감이 인간을 아득히 뛰어넘는 그라면 나 몰래 그 상황을 관전하는 것도 무리는 아니겠지.

* * *

토요일 저녁, 유해람은 고백 직전이라고는 보이지 않을 정도로 침착했다. 그녀 자신도 그걸 느꼈는지, 자신이 긴장하다 못해 이상한 행동을 하면 말려 줄 사람이 필요하니 내게 몰래 지켜봐 주면 안 되겠냐고 부탁한 게 뻘쭘해질 정도라는 말을 두어 번 정도 꺼냈다.

"근데, 정말 우리가 봐도 괜찮겠어? 보통 자기가 고백하는 장면을 남이 보는 걸 내켜 하지는 않을 텐데."

"이미 털어놓을 대로 털어놨는걸. 그리고 솔직히 별 기대가 없다 보니 고백이라기보다는 그냥 고민을 털어놓는 기분이 들어서. 그 고민의 당사자가 걔인 게 문제지만."

"그래도, 막상 고백하면 아닐 수 있으니까 아니다 싶으면 몰래 눈치 줘. 시간 거의 다 됐어. 임혜성이 지세진한테 2층 계단에서 보자고 말했으니까, 슬슬 가자."

만나기로 한 시간을 몇 분 남기고, 해람은 빳빳한 자세로 계단에 선 채 지세진이 올라오기를 기다렸다. 나와 혜성은 복도와 계단을 잇는 문 뒤편에서 둘의 대화를 듣기로 했다. 어둠이 짙게 깔려 있던 아래층 계단에 급작스레 불빛이 들어왔다. 누군가 이쪽으로 올라오고 있다는 신호였다. 원래도 벽 뒤에 숨은 채였지만, 혹시나 들킬까 싶어 우리는 해람을 두고 복도 안쪽으로 조심히 걸어갔다. 대화를 겨우 들을 수 있을 정도의 거리만큼만.

* * *

처음 봤을 때부터 시선이 갔다는 말. 어느 순간부터 좋아하고 있었다는 고백. 이기적인 것을 알지만 친한 사이로 계속 지내고 싶다는 부탁. 하려는 말이 순서를 잃은 채 머릿속을 떠돌아다닌다. 계단 아래로 불이 들어온 순간, 그 말은 글자 하나하나로 쪼개져 뜻을 담은 형태를 잃는다. 흐려진 정신이 지세진의 목소리가 귀를 깨운 뒤에야 다시 맑아진다.

"해람아? 네가 왜 여기 있어? 혹시 임혜성 못 봤어?"

지금이라도 임혜성은 저기 있다며 복도를 가리키면 모두 없던 일로 할 수 있을까. 아니, 여기까지 와서 그럴 수는 없겠지. 끝맺어야 한다는 생각에, 고통스러운 걸 모두 끝내고 싶다는 생각에 고백이라는 게 이렇게 무거운 것이라는 걸 잠깐 잊고 있었다. 정말 우리가 봐도 괜찮겠냐며 이세월이 물어 왔을 때 다시 생각해 봤어야 했을까.

"임혜성한테 부탁했어. 너를 여기로 불러 달라고."

"네가? 그렇지만, 왜 직접 부르지 않고?"

"혹시나 네가 여기 오기 전에 내가 고백하려는 걸 눈치챌까 봐."

어떤 표정을 지을까. 전혀 좋은 표정은 아닐 거다. 마른하늘에 날벼락을 맞듯, 갑작스럽게 찾아온 당황스러운 일이니까. 그러나 숙였던 고개를 다시 들었을 때, 그의 표정은 예상보다도 훨씬 멀쩡해 보여서 깜짝 고백을 받은 그보다도 나를 더 당황하게 했다.

"사실은 알고 있었어."

"응?"

"먼저 말하기는 좀 그래서 입 다물고 있었지만."

그래. 애정을 담은 눈빛이 어떤 것인지 그도 왜 모르겠는가. 내가 그의 눈에서 다른 아이를 향한 애틋함을 보았듯이. 그것과 비슷한 감정을, 심지어는 그것이 자신을 향하는 것임을 어떻게 알아채지 못할 수 있겠는가. 그저 그가 몰랐으면 하고 바랐을 뿐이겠지.

"미안해."

"괜찮아. 예상했어."

그는 왜 그렇게 예상했는지 묻지 않았다.

"나는 너를 그런 마음으로 대한 적이 없어."

"알고 있어."

"그리고, 비록 나 혼자 좋아하는 거긴 하지만, 난 좋아하는 사람이 있어."

그 사람 대신 나를 좋아해 보면 안 되겠냐는 말이 잠시 입가를 스쳤다. 그러나 그것이 불가능함을 알기에.

어린 날의 투정보다도 유치한 부탁이라는 걸 알기에 입을 다물었다.

"있잖아."

"응."

"고백하면서 하고 싶은 말이 정말 많았어."

그런데 그중 어떤 것도 제대로 떠오르지 않는다. 맨 처음에는 무슨 이야기를 꺼내려고 했더라. 좋아한다는 말 한마디 못한 채 거절하는 이유만 듣고 싶지는 않다. 그 한마디라도 꺼내고 끝내고 싶다.

"오늘 일로 나를 멀리하지 않았으면 좋겠어."

"노력해 볼게."

"예전처럼 매일 대화하고, 웃고 떠드는 사이가 아니어도 괜찮아. 그냥 아무렇지 않게 이야기를 나눌 수 있는 관계면 괜찮아."

"그 정도라면 가능할 거야."

가장 중요한 말이 목구멍까지 차오르다 사그라들기를 반복한다. 몇 번의 밀물과 썰물처럼 오가는 문장을, 나는 온 힘을 다해 억지로 끄집어내어 이내 내뱉은 날숨에 태워 보냈다.

"정말로 좋아해."

그는 아무런 대답도 하지 않았다.

"말하지 않으면 혼자서 끝낼 수 없을 것 같았어."

* * *

거기까지 대화가 이어졌을 때, 나와 혜성은 숨어서 둘을 지켜보는 것을 그만두기로 했다. 나는 그의 소매를 붙잡고 잡아끌었으나, 그는 가만히 선 채 내 얼굴을 바라보았다.

"아까 한 말 취소할게."

"무슨 말?"

"내 생각보다 네가 많이 바뀐 것 같아서. 마냥 억지는 아니었나 보네."

"그러니까 뭐가."

"예전 같았으면 이 정도 일이야 아무렇지도 않게 대했을 텐데. 이것보다 더 심각한 일에서도 이런 눈빛은 보여 준 적 없잖아."

그런 눈빛이라고 하면 내가 어떻게 알아. 무슨 이상한

소리인가 싶어, 나는 그의 말을 가볍게 무시한 채 화제를 돌렸다.

“일에 심각하고 말고가 어딨어. 다 도움이 필요한 고민인걸.”

“말 돌리지 말고. 너, 지금 거울 보면 내가 뭘 말하는지 알걸?”

언제 하늘이 이리 까매졌는지, 바깥 화단을 보여 주던 창은 어느새 학교 안쪽을 비추고 있었다. 유리 위로 비치는 내 얼굴을 보았을 때, 그제야 나는 혜성의 말이 무슨 뜻인지 깨달았다. 나로서는 이해할 수 없는 표정을 짓는 내가 창 위로 비쳐 보였다. 슬퍼하는 건지 안심하고 있는 건지, 전혀 알 수 없는 혼란스러운 모습이었다.

창문 틈새로 밤바람이 불어 들어왔다. 갑자기 찾아온 냉기에 번뜩 정신을 차렸다. 다시 창문을 봤을 때, 어색했던 얼굴은 다시 원래의 모습으로 돌아와 있었다.

“슬슬 돌아가자. 지세진한테 들켰다가는 삐쭘해질 것 같으니까.”

유해람은 지금 어떤 기분일까. 마냥 후련한 기분은 아닐 거다. 우선은 슬프다는 느낌이 먼저 와닿겠지. 미리 알고 있었다 해도 충격을 받지 않는 건 아니니까. 동시에 사이가 완전히 틀어지지는 않을 거라는 생각에 조금은 안심할지도 모른다. 그래. 지금 내가 느끼는 것처럼.

그날 나는 처음으로 누군가의 감정을 추측하기도 전에 그것이 무엇인지 알아챘다. 그 사실이 나 또한 고민상담부에서 지내며 단 한 번도 멈추지 않고 변해 왔다는 것을 말해 주고 있었다. 인정하고, 받아들여야 했다. 나는 변하고 있다는 걸. 익숙한 비극에서 벗어날 수 있는 발판이 내게 주어졌다는 것을 말이다.

10. 그와 그녀의 결말

그날 이후 유해람은 고민 상담부를 찾아오지 않았다. 동화 같은 해피엔딩과는 거리가 멀지만, 이런 미적지근한 결말을 맞이하는 것도 나쁘지 않다고 생각했다. 그 짧은 평화도 잠시, 우리는 또 한 번 익숙한 학생을 맞이했다. 분명히 기억을 지웠을 터인, 그러니 이제는 찾아올 일이 없을 줄 알았던 애였다.

"솔직히, 배부른 고민이라고 할 수도 있지만, 나름 곤란한 상황이라 상담하려고 왔어."

저번 일을 떠올리면, 그런 사소한 일도 누군가에게 털어놔야겠다는 생각이 들 정도로 괜찮아진 것 같아 다행이다 싶었다. 그 고민이 뭔지 듣기 전까지는 말이다.

"얼마 전부터 혼자 있을 때마다 어떤 여자애가 자꾸 말을 걸어. 네가 외진 곳에 있지 말라고 충고해 준 이후로는 보통 친구들이랑 같이 있긴 한데, 요즘 기말고사 공부를 하느라 혼자 있는 시간이 많아졌더니 찾아오는 빈도가 늘어나더라고."

어떤 여자애. 누군지 말하지 않아도 단박에 알 것 같았다.

"뭐, 늘어난다고 해 봤자 며칠에 한 번 정도긴 하지만, 딱히 이유도 없이 다가오는 것 같아서 조금 부담스럽더라고. 친해지고 싶은 거라고 하기엔 딱히 그런 표현을 하지도 않고."

"그럼 넌 어떻게 하고 싶은 거야? 친하게 지내고 싶은 거야, 아니면 그쪽에서 그만 찾아왔으면 좋겠어?"

"뭐, 친해져서 나쁠 건 없긴 하지만……. 아무래도 몇몇 행동이 계속 마음에 걸려서 말이야. 나는 걔가 누군지도 모르는데, 나한테 죄짓기라도 한 것처럼 대하더라고."

서별이 고민 상담부를 찾아왔을 때, 나는 그녀에게 조금 정도라면 아는 척은 해도 되지 않겠냐며 조언해 준 적이 있다. 하지만 그녀가 느끼는 죄책감이 권다경에게 여실히 느껴질 정도로 드러난다면 이야기가 달라지지.

나는 권다경에게 우선 지켜보라고 말한 뒤, 나아지지 않는 것 같으면 다시 오라는 말을 덧붙였다. 그가 도서관을 나가자마자, 소원은 나와 혜성을 번갈아 쳐다보며 한숨을 푹 내쉬었다.

"처음 봤을 때보다는 멀쩡해 보이긴 하는데, 문제는 서별이네. 걔 입장으로 보면 전혀 해결된 게 없잖아."

"그러고 보니, 이세월, 서별이 너 종종 찾아가지 않았어? 그날 이후로 꾸준히 널 찾아간다고 알고 있는데."

그녀는 그때 이후로 약 한 달간 내게 상담을 받았다. 그 결과, 놀랍게도 지금에 이르러서는 몰라볼 정도로 상태가 많이 좋아졌고, 자해도 완전히 끊다시피 했다. 그러나 권다경에게 자신의 그러한 모습을 보였다는 충격에서는 온전히 벗어나지 못한 모양이었다.

"내가 서별에게 권다경에게 아는 척 정도는 해도 되지 않겠냐고 조언한 건, 그 정도의 낙이라도 없으면 서별이 금세 무너질 것처럼 보여서였어."

"그럼, 지금은? 이대로 가다가는 권다경도 서별도 서

로 상처를 입게 될걸."

소원의 말이 맞았다. 둘은 절대 가까워질 수 없다. 이제 서별은 권다경 없이도 버텨 낼 수 있을 것이고, 권다경은 서별 때문에 혼란스러워했다. 끝을 낼 때가 온 거겠지.

"최근에는 서별의 상태가 좋아진 것 같아서 상담하러 오지 않아도 된다고 했는데, 아무래도 조만간 날을 잡아야겠어."

"날을 잡다니?"

"기억을 지우는 건 어떻겠냐고 제안해 볼 생각이야."

예상한 대로, 소원의 표정이 굳다 못해 창백해졌다. 그러나 그녀는 권다경 때와 달리 어떠한 말도 더 꺼내지 않았다. 혜성도 보아하니 조금 찜찜하게 여기면서도 비슷하게 생각하는 눈치였다. 다시 생각해 보자. 서별에게 권다경은 정말 지워져도 괜찮은 존재일까. 상담하는 내내 그녀에게 그가 얼마나 특별한 존재인지 알 수 있었다. 그에 대해 말하는 그녀를 보는 내가 행복해질 정도……. 아, 아니다. 행복해 보였다. 그게 전부다.

어느 순간부터 나는 상담하러 온 학생에게 공감 비슷

한 것을 하고 있었다. 하지만 십여 년간 제대로 한 적이 없던 것을 왜 이제 와 흉내 수준까지 할 수 있게 된 걸까. 생각해 보면, 나는 누군가의 깊은 이야기를 이렇게 짧은 시간 동안 많이 들어 본 적이 없다. 애초에 흉내 낼 감정을 마주한 적이 별로 없었으니, 공감을 연습할 기회가 주어지지 않았겠지. 하지만 애초에 공감을 연습해야 할 수 있다는 것 자체가 글러 먹은 것이다. 갓난아기도 제 어미가 울면 따라 운다. 이것은 애초에 태어날 때부터 주어지는 기능이지, 노력으로 얻어지는 능력 같은 게 아니다. 그래서 알고 있다. 이게 진짜가 아니라는 걸. 이야기를 먹을 때 혜성이 감정을 맛으로 느끼는 것처럼. 나도 딱 그 정도 수준에 머무르는 것이다.

"오늘은 이만 해산하자. 저녁시간도 끝나 가고, 도서관 문 닫을 시간도 얼마 안 남았으니까."

"세월이 넌 먼저 가. 난 얘한테 할 말이 있어서."

서로 싸우기만 하던 둘이 할 이야기가 있다니. 입가를 맴도는 궁금증을 참은 채, 나는 둘을 두고 얼른 자리를 피했다.

* * *

직감적으로 알 수 있었다. 소원이 지금 내게 하려는 이야기가 예삿일이 아니라는 걸. 세월과 같이 있을 때와는 전혀 다른 흉흉한 눈빛.

"그 이야기의 화괴, 너 맞지?"

"응?"

"아이에 대한 기억을 모두 지우고, 마을에서 없는 사람으로 만들어 버린 화괴 말이야."

숨이 턱 막힌다. 뭐라고 대답해야 좋을까. 근데 얘는 내가 정말 솔직하게 털어놓을 거라 여기고 이렇게 물어보는 걸까.

"고민 상담부에 들어온 뒤로, 없는 인맥 다 끌어가며 정보를 모아 봤지만, 최근 전국 어디에도 화괴를 만났다는 사람은 없었어. 기록으로 남은 것도 그때의 이야기가 전부고."

이건 진짜 위험할 수도 있겠다. 내가 그럴 가능성이 있는 수준이 아니라 정말 그런 일을 한 적이 있었다는 걸 안다면, 소원은 정말로 나를 죽이려고 달려들겠지.

"그래서 생각해 봤어. 아무리 기억을 지울 수 있다지만, 허락이라는 제약까지 있는 화괴가 정말 아무런 흔적 없이 활동할 수 있다고? 모든 무당과 퇴마사의 눈을 피해?"

이걸 함부로 협박할 수도 없고. 아니, 생각해 보면 협박도 먹히는 사람한테나 하는 거지.

"내 결론은 이거야. 화괴는 너 한 명이라는 거. 애초에 다른 화괴는 존재한 적도 없다는 거지. 화괴라는 이름도, 기억을 먹는 괴물이 너 혼자라는 걸 숨기기 위해 지은 이름일 뿐."

처음 만났을 때부터 알아챘어야 했다. 비록 무력으로 날 제압할 수는 없어도, 단 하나의 기록만 있을 뿐인 화괴의 존재를 알았다는 것만으로 범상치 않은 사람임을 알았어야 했어. 가까이서 지켜보며 대비하겠다는 안일한 생각으로는 안 됐는데.

"그 말은, 기록 속의 화괴도 너라는 거겠지."

말이 끝나기 무섭게, 소원은 주머니에서 부적을 꺼내 땅바닥에 내리꽂았다. 처음 나를 만났을 때 벽에 금이 가게 했던 것처럼, 부적이 꽂힌 바닥에서 쩍, 하는 소리가 들려왔다. 부적을 빼려 손을 뻗은 순간, 손가락 끝으로 충격이 찌릿 전해졌다.

"어머니의 스승님한테 받아 온 부적이야. 부정한 모든 것에 반응하지. 아직 더 있으니까, 협박한답시고 내 쪽으로 다가오지 않는 게 좋을 거야."

저거에 맞는다고 죽지는 않겠지만, 다친다면 치료하기 위해 꽤 많은 이야기를 소모해야 할 것이다. 그렇게 되면 나는 임혜성으로서의 모습을 오래 유지할 수 없게 되겠지. 그럼, 이 고민 상담부에서의 생활도 끝나게 될 테고.

"그걸 왜 나한테 직접 던지지 않는 거지?"

"딱히 널 다치게 할 생각은 없으니까."

나를 죽이려 달려든 게 엊그제 같은데, 정작 쫓아낼 능력을 갖추고서는 다치게 할 생각조차 없다니.

"최근의 넌 이야기를 먹은 적이 단 한 번도 없지. 심지어 그럴 만한 기회가 꽤 주어졌는데도 말이야."

"부정하지는 않을게."

"이번 일도 기억을 먹는 걸 크게 내켜 하지는 않는 것 같고."

"그것 또한 부정하지는 못하겠네."

"그럼, 도대체 왜?"

왜 기억을 먹는 걸 좋아하지 않느냐고? 좋아하지 않을 리가. 이야기를 먹을 때 느끼는 것들이 유일하게 내가 살아 있다는 걸 실감시켜 주는 것들인데. 요즘은 안 그래도 허기가 심해져서 이야기 하나가 궁할 정도다. 그러나 최근 들어 남의 기억을 먹는 걸 꺼리는 것도 분명 사실이긴 하다. 여기 있으면서, 그러니까, 오랜만에 사람들과 부대끼면서 잊고 싶었던 기억이 제대로 떠올라 버렸으니까. 그래, 그게 제일 큰 이유다. 내가 남의 이야기를 먹을 때 누군가의 허락을 받아야만 하는 이유. 내가 아낀다고 말할 수 있었던 유일한 사람. 그에 대한 기억을 떠올릴 때마다, 그와 비슷한 처지의 누군가를 볼 때마다 나는 유난히 어둡던 숲의 풍경을 되새긴다. 세상에서 가장 처참하고 비겁했던 밤. 글자로 남아 버려 지우려 해도 지울 수 없는 기억. 나는 왜 내 기억을 먹지 못할까.

"그걸 네게 꼭 말해야 할까?"

"이유가 있기는 하다는 거네."

부정도 긍정도 아닌 반응을 보이기를 포기하며, 나는 조용히 고개를 끄덕였다. 소원은 아직 불만스러운 눈치였지만, 얼마 지나지 않아 가벼운 한숨을 내쉰 뒤 땅에 박힌 부적을 도로 주웠다.

"단순한 변덕만 아닌 거면 됐어. 나 먼저 간다. 알아서 문 잠그고 와."

"문단속 혼자 하기 귀찮은데."

"끝까지 뺀질대기는."

* * *

서별과의 상담을 막 끝냈을 때도 그녀가 많이 나아진 상태라고 생각했는데, 지금의 그녀는 우울하다는 느낌을 찾아보기 힘들 정도로 밝은 얼굴을 짓고 있었다.

"오히려 예전보다도 훨씬 좋아진 것 같아. 주말마다 부모님 얼굴을 보면 다시 기분이 가라앉긴 하지만, 학교에 있을 때만큼은 이보다 즐거울 수가 없어."

"그렇게 말하니 뿌듯하네. 근데, 지금 들고 있는 건 뭐야?"

"아, 이거? 미술부에서 쓰는 스케치북. 동아리 끝나고 바로 오는 길이라 그냥 들고 왔어."

혹시 보여 줄 수 있냐고 묻자, 서별은 못 이기는 척 스케치북을 펴 앞쪽의 몇 장을 보여 주었다. 돌계단 사이로 핀 풀꽃이 유난히 강조된 주차장 뒤편. 한가운데에 놓인 하얀 벤치가 인상적인 기숙사 정원. 나는 이 풍경에 대해서 들은 적이 있다. 그녀는 그림에서도 그를 그리고 있었다. 순간 일렁인 표정을 겨우 참아 냈다.

"그래서 용건이 뭐야? 마침 나도 할 말 있긴 했는데."

"할 말?"

"이번 신간 목록에 그림 관련 도서도 신청받나 해서. 주문하고 싶은 수가 꽤 많은데."

"당연히 괜찮지. 만화책 시리즈를 신청하는 사람도 있는데, 뭘."

"만화책을 신청하는 사람도 있어?"

"기숙사랑 학교만 오가느라 지루할 텐데, 이 정도 낙은 학교에서도 좀 봐주겠지."

"그건 그렇네. 그런데 왜 보자고 한 거야?"

"최근에 권다경이 고민 상담부에 찾아와서, 그 일 때문에 상의할 게 생겼거든."

한순간에 서별의 안색이 창백해졌다. 아, 이렇게 말하

면 기억이 돌아와서 고민 상담부를 찾아왔다고 오해할 수도 있겠구나.

"기억이 돌아온 건 아냐. 다만 상담 중에 너를 언급하더라고."

"나를? 왜?"

나는 그가 서별이 접근하는 걸 부담스러워하고 있다는 걸 설명했다. 그녀가 그를 곤란하게 만들고 있었다는 것을 듣자, 서별은 금방이라도 울 것 같은 얼굴을 하며 고개를 숙였다.

"아무래도 내가 너무 욕심을 부렸나 봐."

"너도 모르게 그런 행동이 나온 거라면, 내가 보기에는 지금이라도 걔랑 거리를 두는 게 좋을 것 같아."

"그게 좋겠지. 혹시나 나 때문에 걔가 그 기억을 떠올리면 다시 고통스러워질 테니까."

잘하면 기억을 지우지 않고 해결할 수도 있지 않을까. 그러나 돌아온 그녀의 말은 그 안일한 생각을 금방 접도록 만들었다.

"차라리 나도 걔를 잊어버릴 수 있다면 좋았을걸."

"뭐?"

"같은 학교인 이상 앞으로 계속 마주치게 될 텐데, 혼자 있을 때 아는 척조차 하지 못하게 된다면 내가 버틸 수 있을까?"

마치 내 생각을 읽기라도 한 듯 나온 말에 순간 심장이 철렁 내려앉았다. 그동안 서별을 상담해 오는 내내 마음 한구석을 몇 번이고 죄책감으로 찔러 온 한 가지 비밀이 있었다. 바로 권다경의 기억을 우리가 일부러 지웠다는 것을 숨겼다는 사실이다.

"만약 잊는 게 정말로 가능하다면?"

"가능하다니?"

"걔와 함께했던 것도, 상처를 줬던 것도, 지금까지 그리워했다는 사실도 모두 잊을 수 있다면, 너는 그렇게 할 거야?"

보통은 그런 게 가당키나 하냐며 비웃거나 대수롭지 않게 넘겼을 터인데, 서별은 마치 그 말이 구원이라도 되는 듯 내 손을 덥석 붙잡았다.

"정말로 그런 게 가능해?"

"가능하다면 그렇게 할 거야? 그걸 말하기 전에는 알려 줄 생각이 없어."

"한 가지만 물어볼게."

몇 초의 틈이 지난 후, 충분히 예상 안에 있었던, 그런데도 머리를 울릴 정도로 충격적인 질문이 머릿속을 울렸다.

"권다경도 네 도움을 받은 거야?"

나는 그녀의 말에 곧바로 고개를 끄덕였다. 이 이상 진실을 숨기고 싶지 않아서였다. 그러나 서별이 내뱉은 말은 전혀 예상외의 것이었다.

"고마워."

"응?"

"걔가 내 실수 때문에 더 힘들어하지 않도록 만들어 줘서."

서별에게 그는 어느새 자신보다도 소중해서 자신의 상황을 뒷전으로 여기도록 만드는 존재가 되어 있었다. 그러고 보면, 그녀는 그와 함께했던 공간을 그렇게 그렸음에도 정작 그를 직접 그린 것은 하나도 없었다. 그녀의 사랑은 죄책감이 덕지덕지 묻어 이제는 애정만을 온전히 꺼내 보이기 힘든 상태였다. 그녀에게 권다경에 대한 애정은 이제 구원이 아니었다.

"네 덕분에 겨우 활기를 되찾은 걔를 내가 무너뜨리

고 싶지 않아."

"정말로 괜찮겠어?"

"응. 정말로 괜찮아. 그러니까, 네가 괜찮다면 나도 도와주지 않을래?"

* * *

다음 날 점심, 나는 서별을 데리고 혜성에게 가서 그녀의 기억을 지워 주기를 부탁했다. 그녀는 기억을 어떻게 지우는 건지, 그게 가능한 임혜성의 정체는 무엇인지 그 어떤 것도 묻지 않았다. 그저 상담실 의자에 앉은 채 자신의 눈을 바라보는 혜성을 가만히 쳐다볼 뿐이었다.

"이러고 있으면 지워지는 거야?"

"응. 잠깐이면 돼. 잠깐이면 여기 왜 왔는지조차 생각나지 않을 거야."

얼마 지나지 않아, 혜성의 눈이 익숙한 붉은빛으로 서서히 물들었다. 어떠한 빛도 소리도 나지 않았으나, 서서히 감기는 서별의 눈을 보고 나는 모든 것이 끝났음을 직감했다. 조금 뒤 서별이 눈을 떴을 때, 그녀는 주변에 있는 우리를 보고 당황해하며 자리에서 번쩍 일어났다.

"뭐, 뭐야? 내가 왜 갑자기 여기 있지?"

"음? 방금까지 상담하고 있었잖아. 기억 안 나?"

"상담? 그거 얼마 전에 끝난 거 아니었어? 재들 둘은 왜 여기 있고?"

"아, 지금 상태는 어떤지 괜찮은가 확인하려고 불렀어. 네가 졸립다고 해서 잠깐 자라고 부실을 비워 둔 건데, 얘가 자기 물건을 두고 가서 챙기려고 다시 들어온 거야. 혹시 깨웠다면 미안."

"정말? 그런데 왜 기억이 안 나지, 이상하다……."

기억이 지워진 여파로 지금은 약간 몽롱한 상태일 터였다. 조잡한 변명이지만, 이 정도면 어물쩍 넘어가기 괜찮겠지. 나는 어지러움에 일어나기 힘들어하는 서별의 손을 잡아끈 채 그녀를 도서관 바깥으로 배웅했다.

"임혜성, 서별 보냈으니까, 슬슬 정리하고 도서관 업무나 좀 도와……."

그 순간, 나는 그의 얼굴에서 믿기지 않는 풍경을 보았다. 눈물샘이라고는 애초에 존재하지 않을 것 같던 그의 눈가로부터 천천히, 그리고 작은 눈물방울이 흐르고 있었다.

"너 울어?"

미안해. 누굴 향하는지 모를 말이 그의 입에서 흘러나왔다. 물론 서별도 분명 속으로 슬퍼했겠지만, 그가 서별인 것도 아닌데 순간 동화됐다는 이유로 저 정도 반응을 보인다고?

어줍지도 않게 인간처럼 행동하는 그를 보고 예전에는 어떤 감정을 느꼈더라. 그래. 역겹고 미웠다. 어설프게 감정을 따라 하는 것이 내가 싫어하는 나의 모습과 닮아서. 그런데 비슷한 상황인 지금, 나는 그때와는 전혀 반대의 기분을 느끼고 있었다. 자신이 우는지도 모르는 그에게 알려 주고 싶었다. 나도 너와 비슷하다고. 그래서 네가 변한다는 게, 내가 변하는 것도 말이 된다고 말해 주는 것 같다고. 그러나 정말로 그 말을 내뱉기가 아직 두려워, 나는 꿀꺽 소리도 내지 않고 남몰래 목소리를 삼켰다.

"저번과는 반응이 다른데, 그 정도로 슬픈 감정이었어?"

"다르긴 한데, 그것 때문이라기보다는……."

그가 하려던 말을 삼켰을 때, 더 말을 걸어 봤자 그에게서 어떤 대답도 듣지 못할 거라는 확신이 들었다. 그래서 더 말을 거는 걸 포기한 채 조용히 부실 문을 닫고 나가려 했다. 그가 내 팔을 잡아채기 전까지는 말이다.

"잠깐만 여기 있어 줘."

"뭐야, 설마 위로라도 필요해?"

"할 말이 있어서 그래."

무슨 급한 할 말이 있어서 이렇게 정신없는 상황에 말하려 하는 걸까. 그는 언제 울었냐는 듯 눈물 자국도 남기지 않고 원래의 침착한 상태로 돌아와 있었다.

"혹시 윤소원이 너한테 아무런 말도 안 했어?"

"무슨 말? 딱히 특별한 건 없었는데."

대체 무슨 이야기냐고 물으려던 찰나 혜성이 다시 입을 열었다.

"예전에 윤소원한테 들은 적 있지? 화괴가 아이 한 명을 원래 살던 마을에서 없는 존재로 만들어 버린 적이 있다고."

"그랬지. 그래서 윤소원이 나한테 너랑 너무 가까이 지내지 말라고 이야기도 했고. 물론 그런 위험도 있겠지만, 세상 모든 화괴가 다 그런 것도 아닌데, 뭐."

"그 이야기에 나온 화괴가 나야."

"뭐?"

"어차피 들킨 거, 윤소원 입으로 듣는 것보다 내가 직접 이야기하는 게 나을 것 같아서."

임혜성 정도의 언변이라면 우리 정도야 금방 속여 넘길 수 있을 텐데. 예전의 일이니 딱히 뚜렷한 증거도 없지 않은가. 그런데 순순히 인정하는 것도 모자라 들킨 줄도 모르는 내게 직접 이런 걸 말해 준다고?

"왜 그걸 그리 순순히 밝히는데? 무슨 심경의 변화라도 있어?"

"윤소원은 대충 대납해도 그냥 넘어가던데."

"안타깝네. 난 대충 넘어가고 싶지 않아서."

혜성은 가볍게 숨을 고르더니 탁상에 놓여 있던 달력으로 슬쩍 시선을 돌렸다.

"너, 이번 주말에도 학교에 남지? 토요일 저녁시간에 잠깐 보자."

"지금 이야기하는 건 안 되고?"

"꽤 시간이 걸릴 이야기라서. 곧 있으면 종 칠 텐데,

그 안에 이야기할 자신은 없거든."

정말 제대로 이야기할 작정인 모양이었다. 그래, 길어질 이야기라면 날을 잡아 제대로 듣는 것이 좋겠지.

그로부터 얼마 후, 권다경이 도서관을 찾아왔다. 매번 찾아오던 여자애가 더 이상 나타나지 않는다는 것을 전해 주기 위해서였다. 그는 부담스러운 일은 이제 없을 테니 한숨 돌렸다는 듯 말했으나, 석연치 않은 구석이 있는지 표정 어딘가에서 찝찝함이 묻어났다. 만에 하나 권다경이 기억을 잃지 않은 채 트라우마를 극복할 수 있었다면. 서별과 원래의 관계로 돌아갈 수 있다면. 일어나지도 않을 일을 재려는 비이성적인 판단이 뒤늦게 머릿속을 비집고 나온다. 무모하고, 생각해서도 안 되는 생각을 이제야 떠올린 것에 아쉬움을 느끼는 나를 보고 난 뒤에야, 어쩌면 둘에게 다른 결말이 있었을지도 모른다는 생각이 들었다. 그 결말로 향하는 길을 닫은 것은, 좋아할 구석이 없는 나 자신을 위로할 수 있었던 유일한 장점인, 감정에 휘둘리지 않는 판단을 내리는 내 방식이었다.

11. 아이 그리고 화괴

토요일 아침부터 나는 저녁이 오기만을 기다렸다. 기말고사가 얼마 남지 않았는데 공부가 손에 잡히지 않을 정도로 신경이 쓰였다. 시험에 집중을 이렇게까지나 못한 것도 오랜만인네. 참 귀신 같게도, 저녁이 오기 전까지 혜성과 내가 우연히라도 마주치는 일은 없었다.

소원은 점심시간 내내 혜성이 언급한 그 일을 내게 말할 기색이 없어 보였다. 그녀라면 위험하다며 이제 혜성이랑 어울리지 말라고 으름장이라도 놓을 줄 알았는데, 대체 왜? 그렇다고 그걸 대놓고 물을 수도 없으니, 내가 할 수 있는 건 평소보다도 태평해 보이는 얼굴의 소원을 빤히 바라보는 것뿐이었다.

"내 얼굴에 뭐 묻었어?"

"아니, 그냥. 곧 시험인데도 묘하게 여유로워 보이는 것 같아서."

"난 그다지 성적에 연연하는 편은 아냐. 까딱하다간 용돈을 못 받으니 어느 정도 이상은 받아야겠지만."

"그 어느 정도가 나보다 훨씬 높은 성적인 건 알고 하는 말이지?"

그 뒤로도 일상적인 대화만이 이어졌다. 서로 무언가를 숨기고 있는 게 아닌가 의심이 들 정도로 평화롭게 꾸며진 말이라 그 뜻을 파헤쳐 보려고 머리로는 더욱 용을 썼다. 그러나 얻을 수 있는 건 없었다. 자판기 음료수 중 어떤 게 제일 맛있냐는 이야기부터, 시험 범위가 생각보다 적어서 문제가 어렵게 나올 것 같다는 가벼운 불평까지.

"저녁에 뭐 할 거야? 난 수학 공부나 좀 할 생각인데. 다목적실에서 같이할래?"

"오늘 저녁에는 약속이 있어서. 내일은 어때?"

내일도 괜찮지. 그것이 그날 소원과의 마지막 대화였다. 그녀는 그 약속이 무엇인지 캐묻지 않았다. 내가 약속을 잡을 대상이 그녀와 혜성밖에 없다는 것을 그녀 또한 알 텐데도.

혜성이 따로 장소를 말해 주지 않았음에도, 나는 자연스레 발길을 도서관으로 향했다. 혜성과 내가 만난다면 그곳 외에는 생각할 수 없으니까. 도서관은 안쪽의 전등 하나에만 불이 들어와 있어 멀리서 보면 불이 켜져 있다고 생각할 수 없을 정도로 어두웠다. 혜성을 처음 만났던 날만큼이나 깜깜한 도서관에서 그를 마주하려니 무심코 그때가 떠올랐다. 날카로운 송곳니와 붉은색 눈이 형광등을 받아 번뜩이던 그날의 얼굴. 그때와 달리, 지금의 혜성은 이상한 구석을 찾기가 오히려 힘든, 온전한 인간의 모습이었다.

“처음 만났을 때가 떠오르네.”

“그때는 좀 잊어 주라.”

혜성은 도서관 구석의 소파에 앉아 있었다. 그는 옅은 전등의 빛을 빌려 읽던 책을 내려놓고는 옆자리에 앉으라는 듯 먼지를 터는 시늉을 했다. 내가 그 자리에 앉아 얼른 이야기하라고 재촉하듯 그 눈동자를 쏘아보고 나서야, 그는 가볍게 호흡을 고르고 난 뒤 다시금 입을 열었다. 나는 엄두도 내지 못할, 그에게 있어서도 아주 오래전이라고 부를 만한 옛날에 일어난 이야기를 하기 위해서.

* * *

내 기억은 달빛도 제대로 들어오지 않는 깊은 숲에서 시작된다. 꽤 오랜 시간 동안 나는 아무런 생각도 행동도 하지 않은 채 늘 똑같은 주변의 풍경을 바라보았다. 쥐 한 마리 쉽게 보이지 않는 이곳에도 가끔 사람이 드나들고는 했는데, 나는 그들을 볼 때마다 저 사람은 저렇게 생겼었지, 저번에 온 남자애는 이런 얼굴이었는데, 라고 흐린 기억을 더듬으며 내 몸을 그들과 비슷한 모양으로 만들어 보곤 했다. 그건 생각보다 힘이 많이 드는 일이었으나, 그 당시의 나는 정확히 어떤 방법으로 그 힘을 보충할 수 있는지 몰랐기에 해소할 길이 없는 허기를 달고 살았다. 머릿속에서 한 가지 말만이 반복해서 들려왔을 뿐이다. 배고픔에서 벗어나고 싶다면 이야기를 먹으라고.

처음 사람의 두 다리로 걷는 데 성공한 날이었다. 늘 있던 자리에서 조금 벗어나는 것만으로도 비슷한 듯 새로운 풍경이 있다는 걸 깨달았던 그 순간. 나는 위험한 줄도 모르고 혼자 숲 깊은 곳까지 들어온 한 아이를 마주했다. 당시 내 모습이 남자아이의 것이어서였는지, 아이는 나를 보고 겁먹기는커녕 도리어 내가 어안이 벙벙할 정도로 친근하게 대해 왔다.

"길을 잃은 거야?"

누군가 나를 향해 말을 건네는 것이 처음 있는 일이었음에도, 그것이 나를 걱정하는 말임을 단번에 알아들었다. 나는 사람의 언어를 알고 있었다. 아니, 애초에 생각해 보면 알 리가 없을 텐데도 처음부터 그것이 사람임을 알고 있었다. 마치 사람이 있어야만 살아갈 수 있는 존재라도 된다는 듯이. 들어 본 적 없는 말이 이해되는 것을 신기해하고 있던 찰나, 어느새 나는 그 아이에게 이끌려 숲 밖을 향하고 있었다.

꽤 긴 시간이 지나고 난 뒤, 다시 쳐다본 하늘은 내가 있던 곳과는 달리 나무 사이로 별의 무리가 전부 보일 정도로 넓게 열려 있었다. 하늘 위에 떠 있는 별 중 하나가 눈으로 좇기 힘들 정도로 빠르게 움직였다. 아니, 그 것은 움직인다기보다는 떨어지는 것에 가까웠다. 나는 걷는 것도 잊은 채 그 풍경을 바라보았고, 아이는 갑자기 멈춰 선 나를 보고 내가 무엇을 보고 있는지 알고 싶었는지 같이 하늘을 바라보았다.

"와, 혜성이 떨어지는 건 실제로 처음 봐. 너도 신기해서 보고 있던 거지?"

저걸 혜성이라고 부르는구나. 긴 꼬리를 달고 사방에 유유히 빛을 뿌리는 저것을 그렇게 부른다는 걸 알았을 때, 그 단어가 온 신경을 휘감았다.

"넌 어디서 왔어?"

"이 숲."

"아니, 어느 마을에 사는 애냐니까. 아니면 혹시 갈 곳이 없는 거야?"

"갈 곳?"

내가 쭉 있던 곳은 숲 깊은 곳이었으나, 막상 바깥으로 나오자 그곳으로 다시 돌아가고 싶지 않다는 마음이 스멀스멀 기어 나왔다.

"응, 없어."

"그럼, 당분간 우리 마을에서 지내지 않을래? 갈 곳 없는 애 한 명쯤은 먹여 살릴 수 있을 거야."

마을이라는 곳은 이런 아이들이 많이 있는 곳일까. 우리 마을로 가자며 씩 웃는 하얀 얼굴이 달빛을 받아 빛났다. 하늘을 향하던 시선이 이제는 계속 그 아이에게 빼앗기고 있었다. 따라가고 싶다. 저 어두운 곳 대신 이 밝은 아이의 옆에서 머무르고 싶다. 그것이 내가 태어나 처음으로 가진 욕망이었다.

"그건 그렇고, 너는 이름이 뭐야?"

"이름?"

"널 어떻게 부르면 되냐고."

호칭 말하는 거구나. 호칭은 불러 줄 사람이 있어야만 필요한 것이었기에, 홀로 숲에서 시간을 보내는 것이 생애 전부일 줄 알았던 나는 그런 것을 고민했던 적이 없었다. 잘 짓는 게 좋겠지. 아마 내가 다른 사람의 입에서 가장 많이 듣게 될 말이니까. 그런 말이라면 방금 배운 게 하나 있었다.

"내 이름은 혜성이야."

"예쁜 이름이다. 그런 이름이라면 아까 혜성을 볼 때

감회가 남달랐겠네?"

"조금은."

거기까지 말했을 때, 우리는 어느새 숲을 벗어나 마을 근처까지 와 있었다. 저 멀리 보이는 노란색 불이 이쪽으로 오라며 손짓했다. 아이가 엄마라고 부른 그 여성은 어디 다치지 않았냐고 물으며 그를 꼭 껴안고는 뒤늦게야 뒤에 서 있던 나를 쳐다보았다.

"저 아이는 누구니?"

"길을 잃은 것 같아서 데려왔어. 어디 마을에 사는지 물어봤는데, 대답을 못 하는 것 보니까 잘 기억이 안 나는가 봐."

"저런, 딱해라. 숲에서 길을 잃어 마음이 놀라 그런가 보다. 저 어린 것이……. 당분간은 여기에 머무르렴. 네 집이라 생각하고 편히 지내면 된단다."

그날 이후 나의 하루는 완전히 바뀌었다. 햇살에 잠을 깨고, 아이의 손에 이끌려 또래로 보이는 다른 애들과 처음 보는 놀이를 하며 낮을 보냈다. 밤이 되면 별을 보기 위해 몰래 밖으로 나왔으나, 아이는 어떻게 알아챈 건지 얼마 지나지 않아 나를 따라 집 밖으로 나왔다.

"아직도 원래 어디 살았는지는 기억 안 나?"

"응, 기억 안 나."

"너무 걱정하지 마. 한 달이 걸리든, 일 년이 걸리든 내가 옆에서 도와줄 테니까."

아이는 내가 그를 속이고 있는 것도 모른 채 안타깝다는 눈빛으로 바라보고는 했다. 그 눈빛이 싫지 않아, 어느 순간부터 나는 별 따위는 안중에도 없이 아이와 대화하는 데 온 신경을 쏟고는 했다. 아이와의 대화는 늘 비슷했다. 내게 아직도 기억이 돌아오지 않았는지 물어보고, 나는 계속 그래 왔듯 그렇다고 답했다. 그럼 아이는 나를 달래기 위해 온갖 달콤한 말을 건네고는 했다.

그 평화로운 반복이 뒤흔들리기 시작한 것도 그런 날 중 하나였다. 아이는 처음으로 내게 자신의 이야기를 꺼냈다. 자기도 지금보다 어릴 적에 숲에서 길을 잃은 적이 많다며, 지금 생각해 보면 참으로 부끄러운 기억이라고 말했다. 밤의 숲을 돌아다니는 새들의 기척에 놀라 뒤로 자빠진 걸 이야기하며 웃는 그의 표정을 따라 미소를 지었다.

그리고 그 순간 잊고 있었던 목소리가 내게 다시 말을

걸어왔다. 이야기를 먹으라고. 그때 아이가 얼마나 놀랐을지, 얼마나 두려웠을지, 하지만 한편으로는 얼마나 재밌었을지 알고 싶지 않냐고. 알고 싶다고 대답한 순간, 눈가 근처에 낯선 열기가 감돌았다. 아이를 바라보았을 때, 그는 이상할 정도로 내 눈으로부터 시선을 떼지 않고 있었다. 아까의 웃는 표정을 지은 얼굴이라고는 전혀 생각할 수 없는 무감각한 얼굴로. 눈을 맴돌던 열기가 온몸으로 펴져 나간다. 그와 동시에 내가 봤을 리 없는, 어두운 숲을 홀로 탐험하는 아이의 기억이 머릿속에서 빠르게 재생됐다. 이건 방금까지 아이가 말한 이야기가 틀림없었다. 그러나 아이는 방금 자신이 나를 뚫어지게 쳐다봤다는 것도, 자신이 어릴 적 숲에서 길을 잃었다는 사실도 기억하지 못했다. 그리고 그날, 나는 태어났을 때부터 나를 괴롭히던 허기가 처음으로 사라지는 것을 느꼈다.

나는 두 번 다시는 그런 식으로 아이의 기억을 먹지 않겠다고 다짐했다. 아이의 일을 그렇게 먹어 치우는 것보다는 그의 입을 통해 이야기를 듣는 것이 더욱 즐거웠기에. 내가 기억을 먹어 버리는 바람에 아이가 그 기억을 잃는다면 그 이야기는 이제 아이의 목소리로 들을 수 없을 테니까. 얼마 지나지 않아 알아챘다. 나는 처음 만난 그 순간부터 아이에게 집착하고 있었다. 아이의 이야기를 듣기 위해 밤을 기다릴 정도로. 그러나 아이는 밤이 깊어지면 금방 다시 잠들러 들어갔고, 그가 나와 이야기하는 시간은 나를 만족시키기에는 너무 짧았다. 설상가상으로, 시간이 흐를수록 다른 애들과 놀 때 아이가 나를 챙기는 빈도가 점점 줄어들고 있었다.

"혜성아. 너무 나한테만 의존하면 다른 아이들과 어울리지 못할 거야."

"하지만 난 너 하나면 되는걸."

"네 마음은 고맙지만, 사람은 누구 한 명만 바라보고 살 수는 없는 거잖아. 너를 위해서라도 다른 친구들과 놀려고 해 보는 건 어때?"

그럼, 내가 아이에게만 집착하게 되는 이유는 사람이 아니어서일까. 그래서 아이 외에는 누구와도 어울리고 싶지 않은 걸까. 다른 애들을 볼 때 드는 생각은 단 하나뿐이었다. 성가시다. 그러나 최근 들어, 나는 그 아이들에게 다른 감정을 하나 더 느끼기 시작했다. 내가 모르는 그의 모습을 알고 있다는 질투. 아이에게 과거의 이야기를 캐묻는다고 해서 들려주리라는 보장이 없고, 기억을 먹으면 직접 들을 기회는 영영 사라질 것이다. 저 아이들은 아무런 대가도 없이 아이의 이야기를 함께했겠지. 몇 년의 시간을 같이 보냈을 테니까.

그게 어리석은 생각이라는 것을 알기도 전에 첫 사고를 쳤다. 왜 아이가 요즘 너랑만 어울리냐며, 아이의 절친이라고 나서는 어떤 아이와 시비가 붙은 것이 원인이었다. 그 애는 자신은 아이와 개울에 놀러 간 것만 해도 수백 번은 넘을 것이라며 허풍 섞인 자랑을 해 댔다. 그리 배고프지 않더라도 맛있는 음식을 보면 군침을 삼키게 되는 것처럼, 그 말을 듣는 동시에 잠잠했던 허기가 온몸을 울렸다.

“그러니까, 다른 마을 출신 주제에 걔를 혼자 독차지하고 있지 말…….”

그의 말이 끝나기도 전에 눈동자로 열기가 몰렸다. 그때와 같다. 처음으로 기억을 먹었을 때 아이가 지었던 표정. 머릿속으로 흘러들어 오는 기억 속에는 밝게 웃으며 사방으로 물을 튀기는 아이가 있다. 절제라는 건 애초에 없었다는 듯, 나는 그가 아이와 나눈 모든 기억을 금세 먹어 치웠다. 처음과 달리, 그렇게 많은 이야기를 먹었음에도 몸을 울리는 허기가 그칠 기색을 보이지 않았다. 주변에 있던 애들의 팔을 낚아채고 아이를 눈에 담았던 기억을 먹는 걸 반복했다. 정신을 차렸을 때, 내 주위에 아이를 독차지하지 말라며 따지는 자들은 아무도 남지 않았다. 그들은 아이를 기억하지 못했다.

아직 부족하다. 나는 그 무리에서 빠져나와 보이는 사람을 닥치는 대로 붙잡고 아이에 관한 기억을 전부 먹어 치웠다. 땅을 디디는 발이 오랜 뜀박질을 버티지 못하고 떨려 올 때쯤, 내가 기억을 먹지 못한 사람은 아이의 엄마 외에는 아무도 남지 않았다. 기억을 뺏긴 사람들은 아이를 잊는 바람에 그가 소개해 준 나도 같이 잊어버린 건지 이방인을 바라보는 눈빛으로 나를 바라보았다.

집으로 돌아갔을 때, 마당에는 빨래를 널고 있는 아이의 엄마가 있었다. 이때라도 멈췄다면, 그래서 아이에게 엄마라도 남겨 두었다면 나는 용서받을 수 있었을지도 모른다. 그러나 나는 결국 엄마의 기억까지 전부 먹어 치웠다. 그 기억을 먹은 순간, 나는 내가 너무나도 큰 잘못을 저질렀음을 깨달았다. 이전에 먹은 사람들과는 비교도 안 되는, 뜨겁지만 절대 데이지 않을 것 같은 온도의 기억이었다. 이것이 그녀가 아이를 볼 때 느끼는 기분이구나. 나는 행복하다 못해 살아갈 이유라도 될 수 있을 것 같은 이 기분을 그녀에게서 앗아 갔다. 그러나 그걸 알아챘을 때 이미 그녀의 모든 기억은 내 것이 되어 있었다.

"다녀왔습니다! 혜성아, 벌써 들어왔……."

"너희 둘은 누구니?"

"엄마, 혜성이잖아. 계속 같이 살아 놓고 까먹는 거야? 아니, 근데 너희 둘이라니?"

"너 말하는 거야. 넌 누군데 남의 집에 들어와서……. 아니, 그보다 엄마라니? 나는 자식 같은 건 낳은 적이 없는데."

"무슨 소리야? 나 엄마 자식이잖아. 태어날 때부터 여기서 계속 같이 살아왔잖아!"

아이는 소리 지르고, 애원하고, 마지막에 이르러서는 울음을 터뜨렸다. 아이는 집을 뛰쳐나왔고, 그녀는 끝까지 아이에게 시선을 주지 않았다. 정말로 아픈 사실은,

뛰어가는 그 순간 아이는 엄마의 기억을 앗아 간 것이 나인 줄도 모르고 내 손을 붙잡은 채 집 밖으로 나갔다는 것이었다. 아이는 자신과 나를 낯설게 쳐다보는 시선을 느꼈다. 마을 어디에도 뜀박질을 멈출 곳이 없었다. 마을 밖에 나온 아이는 우리가 처음 만난 숲을 향해 뛰어갔고, 한참을 뛰느라 지쳤는지 숲에 발을 들이자마자 땅바닥에 털썩 주저앉았다.

"그 눈빛들은 뭐야. 나를 마치 처음 보기라도 한 눈빛들은……."

아무런 말도 해 줄 수 없었다. 왜 이렇게 된 걸까, 혜성아. 내가 무슨 잘못을 저지른 걸까. 어릴 때 친구들과 수박 서리를 했던 벌을 지금 받는 걸까. 아이는 말도 안 되는 걸 본인도 아는지 허망하게 웃으며 자책하기를 반복했고, 나는 차마 제정신으로 그런 그를 바라볼 수 없었다. 설령 그가 바닥 아래의 바닥에 떨어진다 하더라도 나는 진실을 말해야 했다. 그가 자신 대신 나를 원망해야 함을 알아야 했기에.

"내가 했어."

"뭐?"

"내가 너에 관한 모든 기억을 먹었어."

이런 허무맹랑한 말을 그냥 믿지는 못할 것이다. 나는 그동안 남자아이의 모습으로 숨겨 왔던 내 본래 모습을 그에게 꺼내 보였다. 날카로운 송곳니와 붉은색 눈. 털인지 덩어리인지 구분할 수 없는 몸을 뒤덮은 하얀색의 무언가. 한눈에 봐도 사람이라고는 부를 수 없는 괴물. 아이의 눈에 원망이 차오른다. 그래. 원망을 품을 거라면 마음속에 썩히지 말고 온전히 나를 향해 배출해 버렸으면 했다.

"나는 이야기를 먹는 괴물이야."

아이의 뺨에 눈물 한 줄기가 흘렀다. 그걸 닦아 주려 손을 뻗으려는 순간, 지금 내 몸에는 손이라고 부를 만한 것이 존재하지 않음을 깨달았다. 남자아이의 모습으로 다시 변한 그 순간, 아이는 괴성을 내지르며 자신의 귀를 막은 채 몸을 웅크렸다. 오랜 시간이 지났다. 울기를 그친 아이의 눈은 아까에 비교하면 텅 비어 보였다.

"너와 가까워지고 싶었어."

이것은 우정도 애정도 아닐 것이다. 내가 가지고 있는 것이 진정 사람의 감정이라면 그걸 갖는 것만으로도 사

람 한 명을 이렇게 망가뜨릴 리 없으니까.

"네 모든 걸 알고 싶었어."

아이는 아무런 대답도 하지 않았다. 다시 한참의 시간이 흘렀다. 해가 지고, 저 멀리 마을에서는 다시 불빛이 들어오고 있었다. 그제야 아이는 입을 열었다.

"원래대로 되돌릴 수는 없는 거지?"

"아마도."

"그럼 다른 소원이라도 들어줘. 되돌리지 못할 거면 책임이라도 져."

당연한 말이었기에, 나는 망설임 없이 고개를 끄덕였다. 아이는 가벼운 심호흡 후 다시 말을 이어 갔다. 그것은 내가 저지른 일에 비교하면 너무 사소한 부탁이라 정말 그것만으로도 괜찮은 건지 의심이 들 정도였다.

"두 번 다시 허락 없이 다른 사람의 기억을 먹지 마. 네가 살아 있는 한은 평생."

"약속할게."

그러나 이어지는 두 번째 소원은 절대 사소하다고는 말할 수 없는, 그러면서도 마음을 파고든 죄책감을 부풀게 만드는 말이었다.

“그리고, 내 기억을 지워. 저 마을에 살았던 기억 전부를. 하나도 남김없이.”

아이에게는 엄마를 기억하지 못하는 것보다 자신을 알지 못하는 엄마를 기억하는 것이 더 고통스러운 모양이었다. 나는 아이에게 손을 내밀었고, 아이는 그것이 무얼 뜻하는지 알아챘는지 그 위에 조심스레 자신의 손을 포갰다. 기억을 먹기 위해 손을 잡을 필요는 없었으나, 그러고 싶다는 생각이 들어서 한 행동이었다. 분명 짧은 생일 텐데도, 아이 엄마의 기억을 먹었을 때만큼이나 넘쳐흐르는 감정이 기억 하나하나에 담겨 있었다. 마을에 대한 기억은 아이의 기억 전부였다. 애들과 어울릴 때마다 느꼈던 즐거움. 엄마를 향한 애틋함. 아빠를 향한 그리움. 별을 바라볼 때 느끼는 황홀함. 바람이 기분 좋게 불면 찾아오는 행복감…….

모든 걸 맛본 후, 나는 앞으로 누가 봐도 인간인 것처럼 행동할 수 있을 거라는 확신이 섰다. 한 사람의 기억을 온전히 먹은 결과였다. 갑자기 많은 기억을 잃은 여파인지, 아이는 잠이라도 드는 것처럼 서서히 눈을 감으며 쓰러졌다. 설마 죽은 건 아닐까 걱정하는 마음에 그를 깨우려 몸에 손을 대기도 전, 아이가 다시 눈을 떴다.

"뭐야……."

"아, 눈 떴네. 다행이다."

"넌 누구야?"

"나는 혜성이라고 해. 너는?"

"나, 난……."

기억이 없어. 이름도 내가 살던 곳도. 그게 아이가 한 말이었다. 이런 행동을 하는 것이 잘못임을 안다. 다른 사람은 몰라도, 내가 이제 그에게 다가가서는 안 된다는 걸 알았다. 하지만 그가 혼자서 살아갈 수 있을 때까지 만이라도. 이대로 그를 버려 두면 그를 죽게 하는 것밖에 더 되겠는가.

"그럼, 기억을 찾을 때까지 나와 같이 돌아다니지 않을래? 마침 여행을 떠나려던 중이었거든. 혼자는 좀 적적해서."

"고마워. 기억이 없어서 별 도움은 안 되겠지만, 그래도 도움이 되도록 노력해 볼게."

몇 주 정도는 괜찮을 거야. 그 정도라면 아이도 새로운 마을을 찾을 수 있겠지. 그렇게 시작한 여정은 몇 주는커녕 아이가 성인이 될 때까지 계속 이어졌다. 다행히 도 아이는 사랑하는 배필을 만났고, 몇 년 후 자식까지 갖게 되었다. 아이는 그때까지도 나를 곁에 두었다. 자신의 모든 순간을 함께한 친구라며. 그는 죽을 때까지 친구로 지내자는 말을 종종 하고는 했다. 이러면 안 되는데. 언젠가는 떠나야 하는데. 아니, 애초에 머물 곳을 찾은 순간 내 일은 전부 끝난 건데.

그가 자라는 속도에 맞추어 모습을 바꾸었기에 의심을 살 일은 없었으나, 아이로부터 마을을 빼앗은 그날부터 마음에서 자라던 죄책감이 한껏 부푼 채 도저히 수그러들 생각을 하지 않았다. 시간이 꽤 흐른 후, 그가 일하던 도중 쓰러지는 일이 잦아지기 시작했다. 처음에는 괜찮다는 말만 반복했으나, 몇 달 후에는 몸을 스스로 일으키지 못할 정도로 상태가 심각해졌다. 끝이 다가왔음을 직감했다. 마음 한구석에 미뤄 두었던 죄책감이 말을 걸어왔다. 지금이 진실을 말할 마지막 기회라고. 아이가 아무것도 기억하지 못하는 사람이 된 건 나 때문이라고. 그러나 죽음을 앞두고 그가 남긴 마지막 말은 남아 있던 용기마저 송두리째 앗아 갔다. 네가 있어서 지금의 행복에 이르렀다고. 그날의 나를 도와줘서 고맙다고. 정말로 기뻐 보이는 미소를 앗아 가는 것이 더 큰 죄라는 생각에, 그가 죽는 그 순간까지 나는 진실을 말하지 못했다.

그로부터 몇 년간 나는 사람의 몸을 한 채 떠돌이 생활을 했다. 마을이 보일 때마다 나는 그곳에 들어가 아이들을 모으고는 그 애의 이야기를 하고는 했다. 마을 사람들에게는 잊혔지만, 대신 세상 모든 사람이 그 애를 조금이라도 기억해 줬으면 하는 바람이었다.

"그렇게 괴물은 끝내 허기를 이기지 못하고 아이가 담긴 이야기를 모두 먹어 버렸단다."

"그럼 그 괴물과 아이는 어떻게 됐어요?"

"아이는 쫓겨났고, 괴물도 마을에서 사라졌지."

믿지 못할 정도로 오싹하고 신기한 이야기를 아이들은 침을 삼키는 것도 잊은 채 집중해 들었다. 이야기가 곳곳에 퍼졌을 때, 괴물은 화괴라는 이름으로 불리고 있었다. 한 마을에서는 화괴가 아이를 잡아먹었다고 전해졌으며, 다른 마을에서는 화괴가 아이로 변장해 마을에서 살아간다는 이야기로 와전되기도 했다.

이만하면 됐다 싶었을 때, 나는 한 외딴 숲으로 들어

가 다시 괴물로서의 삶을 보냈다. 그러다 허기를 참지 못할 때면 인간으로 변해 사람들이 흘리는 이야기를 먹고는 했다. 그 긴 시간 동안, 나는 허락받지 않은 이야기를 먹지 않겠다는 아이와의 약속을 단 한 번도 어긴 적이 없다. 그것만이 끝내 속죄하지 못한 내가 용서를 구하는 유일한 방법이라 여겼기에.

* * *

"지금까지 숨겨서 미안해."

혜성은 마치 고해성사라도 하듯 오랜 시간 동안 자신의 과거를 낱낱이 읊어 냈다. 허락을 받아야만 이야기를 먹는 건 그 애와의 약속 때문이었구나. 그 애 덕에 만든 이름을 아직 쓰고 있었구나. 그는 내가 어떤 반응을 보이길 바라고 이 이야기를 털어놓은 걸까. 그 아이를 대신해 내게 용서를 받고 싶었나? 아니면, 내가 그의 밑바닥을 알았으니 그와의 연을 내가 알아서 끊어 줬으면 하는 바람인 걸까? 어느 쪽도 아니라면, 그냥 이 모든 걸 한번쯤은 누군가에게 털어놓았으면 좋겠다고 바란 거겠지. 그래. 남에게 자신의 이야기를 하는 건 큰 이유가 있지 않다. 나는 상담 내내 고민을 해결하기 위해 늘 분주했지만, 사실은 자신의 고민을 남에게 털어놓는 것만으로도 마음 하나는 확실히 가벼워지니까. 학생들은 그래서 고민 상담부에 찾아온 거니까. 원래의 뻔뻔한 모습은 지금 같은 얼굴을 숨기기 위한 벽일 뿐이었던 걸까. 어제까지 내가 알았던 임혜성이 한순간 사라진 것만 같았다.

"윤소원이 말한 대로야. 나는 괴물이야. 너희가 나를 경멸해도 그게 당연한 거고 그게 맞는 거야."

"왜 그렇게까지 자신을 싫어해?"

"너는 이걸 듣고도 어떻게 그렇게 말할 수 있어?"

나는 어떻게 행동해야 했던 걸까. 내가 정상이었다면 절대 호의적이지는 않았을 거다. 혹시 자신도 그렇게 될까 봐 두려워 그에게 공포를 느꼈을 테니까. 그는 한 사람의 인생을 망가뜨렸다는 죄를 내게 고백한 거니까. 몇 달 전이라면 그리했을 것이다. 그러나 나는 체념한 표정을 짓고 있는 그를 잠깐 쳐다보고는 그의 몸을 내 쪽으로 잡아당겨 그대로 끌어안았다. 그리고 천천히, 진정하라는 듯 그의 등을 토닥였다. 나로서는 한 번도 해 본 적 없는 일이었음에도, 왜인지 지금 이 순간만큼은 이렇게 해야 할 것만 같았다. 나는 그에게 어떤 조언도 비난도 하지 않은 채 그것으로 대답을 대신했다.

"내가 알던 너였으면 질책하거나, 아니면 나갔거나 둘 중 하나였을 텐데."

"그러길 바라고 말한 거야?"

"반쯤은."

"너 진짜 이상하다."

"그걸 이제야 알았어?"

얼마나 시간이 흘렀을까. 서서히 등을 두들기던 손목이 아프다 여길 때쯤, 그는 천천히 나를 자신의 품에서 밀어냈다. 타이밍 하나는 귀신 같다니까.

"방금은 선생님에게 들켰으면 큰일 날 뻔했다, 그치."

"주말 이 시간에는 학교에 선생님은커녕 직원 한 분 안 계시니까."

방금 일은 평범한 사람 둘 사이에 일어났다면 사랑의 시작일 수도 있었겠지. 그러고 보니, 예전에 이런 생각을 한 번 한 적이 있다.

"윤소원이 봤으면 이번에는 나보고 작업 건다고 뭐라

고 했겠다."

"걔는 나한테만 그래. 너한테는 안 그럴 테니까 걱정하지 마."

"그건 좀 다행이네."

그런데 지금도 그렇게 생각하나? 조금 간지럽다고 느꼈던 것 같기도 하고. 예전 행동에는 정말 아무런 자각도 없었다면, 지금은 행동 중간중간에 망설임이 들어가기 시작한다. 애정이라고 부르기에는 약하고, 연민이라 부르기에는 날카롭다. 기숙사 쪽에서 취침 전 점호가 얼마 남지 않았다는 것을 알리는 종소리가 들려왔다. 내가 느끼는 것이 무엇인지 마저 고민하기도 전에, 나와 혜성은 몸을 일으키고는 서둘러 계단으로 내려갔다. 어둠 속에서는 제대로 보지 못했던 그의 표정을 관찰할 새도 없이 말이다.

12. 너를 위한 일은

그날 이후 혜성과 나 사이에서는 묘한 어색함이 맴돌았다. 거리감보다는 이상한 간지러움에 가까웠기에, 그 기분이 마냥 불편하게만 느껴지지는 않았다. 소원은 그런 낌새를 눈치챈 건지, 평소보다도 신경이 쓰인다는 얼굴로 나와 혜성을 번갈아 보고는 했다.

기말고사가 얼마 남지 않은 지금, 우리는 또 한 번 동아리 활동을 쉬기로 했다. 저번에도 그랬듯 쉬는 동안에는 둘을 볼 일이 별로 없을 줄 알았는데, 혜성 쪽에서 동아리 시간에 같이 공부하는 건 어떠냐고 제안해 오히려 평소보다도 자주 보게 생겼다.

그러고 보니, 소원은 혜성의 과거를 눈치챘다고 했지.

혜성이 담임 선생님의 부름으로 잠깐 자리를 비운 사이, 나는 소원에게 이미 그 사실을 전해 들었다는 것을 말하기로 했다.

"있잖아."

"응?"

"나, 재한테 과거에 무슨 일이 있었는지 다 들었어."

표정을 보니 꽤 놀란 눈치였다. 원래부터 어느 정도 짐작하고 있었다고 해도, 그걸 듣고 내가 혜성을 멀쩡히 대한다는 게 신기하게 여겨지겠지.

"너한테 들켰다고 하더라고. 네가 말해 주기 전에 본인이 직접 말해 주고 싶었나 봐."

"말해 주지 못해서 미안. 모르는 게 나을 것 같았어."

"아니야. 나라도 그렇게 생각했을 거야. 근데, 한 가지 물어봐도 돼?"

"뭔데? 걔가 뭐 숨기는 거라도 있어?"

"그건 아니고, 너라면 그걸 알고 내가 걔랑 같이 있는 걸 그냥 놔두지 않았을 것 같아서."

그녀는 "그래, 그게 맞긴 하지"라고 나지막이 중얼거렸다. 그러나 끝내 내게 혜성을 멀리하라고는 이야기하지 않았다.

“그건 그렇고, 이번 시험 범위 생각보다 어렵더라. 문제집 풀어 봤는데 생각보다 꽤 틀렸어.”

“응. 그렇긴 하더라.”

더 묻고 싶어도, 이내 화제를 돌리려는 그녀의 모습을 보니 아무래도 말해 줄 생각이 없는 듯했다. 점심시간 내내 나는 소원에게 그 일을 더 캐묻지 못했다.

* * *

요즘 들어 허기가 찾아오는 빈도가 점점 늘어났다. 어느 정도까지는 버틸 수 있겠지만, 이대로 아무것도 먹지 않으면 오래 버티기는 힘들겠지. 책을 먹는다 해도 마찬가지다. 여러 사람의 손을 탄 책이면 그나마 낫겠지만, 여기 있는 책들은 한 번도 읽히지 않은 것이 대부분이니까.

오늘 저녁에는 잠깐 소원을 만나기로 했다. 왜 세월한테 자신이 알게 된 진실을 말하지 않은 건지 이유를 묻기 위해서였다. 직접 묻는다고 해서 답을 들을 수 있을지 의문이지만, 나 혼자 추측하기에는 그렇다 할 단서가 너무 없었으니까. 수업이 모두 끝났음을 알리는 종소리가 울리고, 나는 저녁을 먹는 대신 곧장 기숙사 뒤편으로 가 그녀를 기다리기로 했다. 어차피 저녁을 먹는다고 에너지를 섭취할 수도 없으니까. 그녀 또한 저녁을 먹을 생각이 들지 않았던 건지, 분명 저녁을 먹고 보자고 했는데도 나보다 먼저 그곳에 와 있었다.

"생각보다 빨리 왔네."

"오늘은 차마 세월이랑 밥 먹을 엄두가 안 나서."

"뭐 잘못한 거라도 있어?"

"네가 뭔 상관이야."

늘 이런 태도였다. 분명 알게 된 시기는 비슷함에도, 인간인 세월을 대할 때와 나를 대하는 모습이 전혀 달랐다. 그러나 요즘 들어 그녀의 태도가 조금씩 바뀌고 있었다. 차마 호의적이라고는 할 수 없지만, 적대감을 직접 표출한 적이 최근에는 거의 없었으니까.

"왜 세월이한테 말하지 않은 거야?"

"뭘."

"내 과거 말이야."

그녀는 얼굴을 찌푸리다 못해 일그러뜨렸다. 무겁게

숨을 내뱉고, 헝클어지지도 않은 머리를 쓸며 온몸으로 망설임을 표현했다.

"아직 이유를 모르니까."

"무슨 이유?"

"왜 괴물인 네가 이야기 먹길 망설이고, 인간인 세월이를 그런 눈으로 쳐다보는지."

여기서 솔직히 답하면 나도 원하는 답을 얻을 수 있을까? 원래는 적당히 괜찮은 말을 꾸며 그녀를 안심시키려 했다. 그러나 이미 마음속에 답을 정해 둔 강직한 눈빛과 마주친 순간, 머릿속으로 꾸미고 있던 온갖 핑계가 흔적도 없이 사라졌다.

그런 과거를 겪었음에도 나는 결국 괴물이었는지, 이야기를 먹어야겠다는 식욕은 시간이 지날수록 그때의 죄책감을 짓누르고 지워 버렸다. 허락을 받아야만 이야기를 먹는다. 그 약속을 지키는 것 외에 내게는 그때의 흔적 중 어떤 것도 남아 있지 않았다. 심지어는 기억을 먹으면 그 사람이 위험할 것을 알면서도 허락을 받았다는 이유로 거리낌 없이 먹기도 했다. 그렇게 수십 년을 살았다. 허기를 채우기 위해서는 뻔뻔해져야 했다. 나중에는 이야기의 맛까지 따지게 되었고, 학교라면 다양한 사람을 만날 수 있겠다는 생각에 위험을 감수하고 여기로 잠입했다.

그리고 세월을 만났다. 수십 년 동안, 그 아이를 제외하면 내가 괴물이라는 것을 들킨 적은 없었다. 물론 나를 보고 놀라긴 했지만, 도망치기는커녕 도리어 책을 먹은 일로 나를 협박하는 애였다.

“맨 처음엔 도움이 될 것 같은 인간이라고만 느꼈어. 이야기를 먹을 판을 깔아 주겠다는데, 마다할 괴물이 어디 있겠어.”

“처음 봤을 때는 그럴 것 같았어. 그래서?”

이 아이라면 협력 관계여도 괜찮을 거다. 그리 쉽게 감정을 느끼지 못하니, 내가 이 아이의 기억을 듣고 먹고 싶어지는 일도 없을 터였다. 나는 그녀를 통해 수고를 들이지 않고 이야기를 먹을 수 있었고, 어떠한 해도 끼치지 않을 자신이 있었다. 내게 너무나 유리한 제안이라는 사실을 알았을 때, 그 제안이 생각지도 못한 일을 가져올 수도 있다는 걸 알았어야 했다.

“어느 순간 내가 이상해지더라고. 좀만 구슬리면 충

분히 이야기를 먹을 수 있는 상황인데, 그러지 않았어."

유해람의 짝사랑을 처음 들었을 때, 가망이 없다면 그 이야기를 내가 먹어도 괜찮지 않을까 생각했다. 그런데 나는 결국 유해람이 짝사랑을 포기하지 않게 만드는 데 크게 일조했다. 무작정 가능성이 있을 수도 있지 않냐는 세월의 말을 원래 같으면 그리 심각하게 받아들이지 않았을 것이다. 잘만 하면 무너뜨릴 수도 있는 말이었다. 그러나 나는 그 말에 순순히 따랐다. 만약 세월이 평범한 인간이었다면 무시했을 것이다. 하지만 그녀는 다른 사람의 감정에 쉽게 젖어드는 사람이 아니었다. 그런데도 그 감정을 소중히 여기려고 노력하는 모습이 마치 나도 그렇게 될 수 있다고 말하는 것 같아, 나는 그녀가 그랬듯 그것을 지켜 주기로 했다.

"그 애는 나와 닮았어. 사람을 이해할 수는 없지만, 누구보다 감정을 가지길 열망하지."

내가 맛에 집착하는 것처럼, 그녀는 감정의 이해에 집착한다. 그녀의 과정을 뒤따라 밟으려 할수록, 진짜인지 가짜인지 구분할 수 없는 감정과 비슷한 무언가가 문득 나를 찾아왔다. 고민 상담부에 있는 시간이 길어질수록 그것이 찾아오는 빈도는 늘어만 갔다.

"그래서 그 애를 흉내 냈어. 어쩌면 내가 수십 년 동안 알지 못한 것을 드디어 알 수 있지 않을까 싶어서."

감정을 느끼는 순간만큼은 스멀스멀 올라오려는 허기를 잊을 수 있었다. 허기로부터 견딜 수 있다고 생각했던 즈음, 오랫동안 잊고 있던 죄책감이 그 틈을 타 수면으로 기어올랐다. 양지혜의 고민을 듣고, 저녁의 햇빛을 받으며 홀로 서 있는 양지혜를 보았을 때, 나는 수십 년 만에 깊이 숨겨 두었던 그리운 얼굴을 떠올렸다. 그리고 소원에게 멱살을 붙잡힌 채 그녀의 입으로 내 과거를 듣는 순간, 미뤄 두었던 죄책감이 물살처럼 심장으로 한 번에 들이닥치는 것만 같았다. 예전보다도 더 아프고 쓰라렸다. 막 태어났을 때와 달리, 지금의 나는 감정의 무게가 무엇인지 정확히 알게 되었으니까.

"네 입으로 내 부끄러운 과거를 들었을 때, 그 목소리에서 감당하기 힘든 죄책감을 느꼈을 때 깨달았어. 난 이제 이야기를 먹지 않고도 감정을 느낄 수 있구나."

그날 이후 누군가의 기억을 먹을 엄두가 나지 않았다. 서별의 이야기를 먹은 것도 세월의 판단을 따라야겠다는 생각과 고통스러워하는 서별의 얼굴 때문이었다. 이야기를 먹지 않으니, 참을 수 있다고 생각했던 허기는 점점 강해져만 갔다. 이대로라면 나는 여름을 넘기지 못하고 원래의 모습으로 돌아갈 것이다. 다음에 머무를 곳을 찾아다니며 힘을 비축하는 삶으로.

"그 뒤부터는 누군가의 이야기를 먹을 생각이 들지 않았어. 만약 내가 이곳의 생활이 끝난다면, 어쩌면 다시는 사람의 모습으로 돌아가지 않을지도 모르지. 괴물의 모습이라면 그나마 허기를 좀 버틸 수 있으니까."

그래도 오랜 시간이 지나면 한 번쯤은 인간의 모습으로 세상을 살아갈 수도 있겠지. 그게 언제일까. 그때쯤 나는 다시 세월을 만날 수 있을까. 거기까지 생각했을 때 깨달았다. 그 짧은 시간 동안, 그녀는 내 일상의 일부가 되어 있었다. 그녀 같은 사람을 다시는 만나지 못할 거란 확신이 들었다. 나는 수십 년 만에 그녀 같은 사람을 만났으니, 다음 수십 년을 기다려야 비슷한 사람을 만날 수 있을지도 모른다. 아니, 어쩌면 영영 만나지 못할지도 모른다. 적어도 내 긴 생에서 그녀와 같은 사람은 유일했으니까.

"솔직히 말하면, 네가 말하는 그런 눈이 무엇인지 잘 감이 오지 않아. 하지만 내가 세월에게 가지는 감정을 묻는 거라면, 난 그 애에게서 잊히는 게 두려워."

정체를 숨겨야 하는 내게, 나를 기억하고 있는 사람은 위험 요소가 될 뿐 그 이상도, 그 이하도 아니었다. 그녀가 나를 잊지 않았으면 하는 욕심은 내게 해가 될 터였다. 그래, 감정이라는 것은 애초에 합리적인 선택을 내리는 데에는 장애물일 뿐이었다. 그러나 그것을 떠올리고 되새긴다고 해서 그 욕심이 사라질 리가 없었다.

감정적으로 변할수록, 과거의 죄책감과 그녀에 대한 이유 모를 집착이 번갈아 커져만 갔다. 소원이 내 과거를 알아챘을 때, 이제 과거의 죄책감과 맞서 싸워야 하는 순간이 왔음을 직감했다. 나는 내 과거를 전부 털어놓을 대상으로 세월을 택했다. 그녀라면 누구보다 내 죄를 낱낱이 말해 줄 것 같았다. 내가 느끼고 있는 죄책감을 완벽하게 해부해 내게 설명해 줄 것 같았다. 그것을 전부 마주하고 나면 모든 것이 해결될 것 같았다. 정체가 드러난 죄책감은 이제 예전만큼 괴롭지 않을 것이다. 그녀가 내게 실망해 떠나면, 내 욕심이 그녀에게 닿기 전에 나는 자연스레 그녀와 멀어질 수 있을 것이다.

“내가 계속 그녀의 곁에 있을 수 있으면 좋겠어.”

그러나 그녀는 도망가기는커녕 도망가려는 나를 잡아당겨 자신의 품에 안았다. 도서관이 어둡지 않았다면, 나는 나조차도 본 적 없는 얼굴을 그대로 그녀에게 보였을 것이다. 그녀의 곁에 머무르고 싶다. 그러기 위해서는 누군가의 이야기를 먹어야 했으나, 그녀에게 가진 감정을 깨달은 지금은 함부로 그런 일을 할 수가 없었다.

“이제 그 애는 내게 있어 소중한 사람이니까.”

모든 걸 토로하고 소원의 얼굴을 마주했을 때, 그녀는 반신반의하면서도 내 말을 받아들였다는 듯 가볍게 고개를 끄덕이고 있었다.

“이럴 것 같아서 말하지 않았어.”

“그게 무슨 말이야?”

“네가 세월이를 바라보는 눈이 어떤지 알아? 처음에는 그럴 리 없다고 생각했어. 어떻게 괴물이 그런 눈으로 인간을 볼 수 있겠냐고 나 자신에게 따져 물었지.”

하지만 몇 번을 되물어도 돌아오는 답은 같았어. 소원은 그렇게 말하고는 잠시 입을 다물었다. 그녀의 얼굴은 짜증이 난 것 같기도, 안타깝기도 한 표정이라 어느 쪽으로 더 치우쳐 있는지 쉽게 읽히지 않았다.

"전에 말한 적 있지. 나는 옛날 문헌까지 뒤지면서 귀신이나 괴물을 공부했다고. 나는 이질적인 것들이 사람과 같이 있으면서 좋은 결말을 맞이한 이야기를 읽은 적이 없어."

"그럼 내가 그 애와 어울리는 걸 더욱 말려야 하는 거 아니야?"

"어느 순간부터 도저히 네가 괴물로 보이지 않았으니까."

퇴마사를 자청하고, 열심히 공부했다고 해도 역시 어리다. 말하는 걸 들어 보면 괴물을 마주한 건 이번이 처음인 것 같은데, 어떻게 저리 순진한 태도를 보일 수 있을까.

"꿈이 퇴마사라며? 그런 생각 함부로 하면 안 될 텐데."

"네가 애매하게 사람인 척해서 그렇잖아. 요즘은 가끔 네가 괴물이라는 걸 잊기도 한다고."

"그래서 저번에 내게 부적을 쓰지 않은 거야?"

물러도 너무 무르다. 고작 느낌 때문에 이런 판단을 내리다니.

"잘못했다가는 역공당할 것 같기도 했고."

"뒤늦게 핑계 대지 않아도 돼. 그리고 너무 고민하지 마. 네가 어떤 결론을 내리든, 그것과는 상관없이 나는 곧 떠나야 하니까."

"그게 무슨 소리야?"

침착함을 유지하던 목소리에 매서움이 깃든다. 거참, 언제는 내가 사라지길 빌다시피 했으면서, 이제는 떠난다니까 날카로워지는 게 우습다.

"충분한 이야기를 섭취하지 못하면 이 모습을 오래 유지하는 건 힘든 일이거든."

혹시나 멱살을 잡는 손이 날아오지 않을까 싶어, 나는 슬그머니 소원과 거리를 두었다. 예상과는 다르게, 그녀는 살벌한 목소리로 내가 간신히 잊고 있던 사실을 겨냥해 찔러 댔다.

"세월이한테도 말했어?"

"아직."

"이대로 그냥 떠날 거야? 아무런 방책도 모색하지 않

고 그냥 사라질 거냐고. 아니, 곧 떠나야 한다는 걸 미리 알았다면 나는 몰라도 걔한테는 말했어야 하는 거 아냐?"

"예전이었다면 미리 말했을 거야. 하지만 지금은 그렇게 못 하겠어."

"그럼 대체 언제 말하게?"

세월이 사람들과 어울리지 못했던 건 남의 일에 공감하는 능력이 현저히 떨어지기 때문이었다. 그러나 지금의 그녀는 고민 상담부를 통해 그 방법을 자연스럽게 익혀 가고 있다. 내가 그녀와 가까워질 수 있었던 것은 모순되게도 그녀가 다른 사람들과 교류하는 방법을 몰랐기 때문이었다. 그런 능력을 갖추고, 소원을 포함한 다른 학생들과 친분을 나눌 수 있게 된 지금의 그녀에게는 내가 필요 없다.

"사실, 언제 말하든 상관없을 거야."

거기까지 생각이 미쳤을 때, 내가 그녀와 어떤 이별을 해야 할지 떠올릴 수 있었다. 언제 말하든 상관없다. 미리 말하든 직전에 말하든, 내가 사라진 후의 그녀에게는 어떤 아픔도 남지 않을 테니까. 기억에 남고 싶었지만,

그래서 더욱 내가 기억으로라도 남아 있으면 안 된다는 사실을 실감한다. 소원이 말한 대로, 괴물과 인간의 끝은 절대 좋게 끝날 수 없으니까.

"있잖아, 방금 내가 이상한 예감이 들었거든? 만약 그게 사실이라면……."

"그거, 아마 맞을 거야."

나는 마지막에 그녀의 기억을 먹고 사라질 것이다. 그녀는 나를 기억하지 못하겠지만, 상담하면서 만난 사람들에 대한 기억은 남을 것이다. 자신과 소원 둘이서 그들의 문제를 해결해 주었다고 생각하겠지. 그녀를 지금처럼 만든 것은 고민 상담부에서의 생활이니, 내가 기억에서 사라진다고 해서 남에게 공감하는 능력을 완전히 잃는다거나 하는 일은 없을 것이다. 즉, 한 학기의 좋은 기억만 그녀에게 남겨 둘 수 있다.

"반쯤 죽여 놓을 거라고 말하려 했는데, 막상 들으니 화낼 기운도 안 난다."

"유감이네. 차라리 한 대 때려 줬으면 했는데."

"들으면서 계속 생각한 건데, 너 진짜 우리보다 훨씬 오래 산 거 맞아? 어떻게 결론이 그런 식으로 나?"

소원은 멱살을 잡지 못해 아쉽다는 듯 손을 움켜쥐고 풀기를 반복하며 한참이나 나를 째려보았다.

"그게 왜 세월이를 위한 거야. 혼자 사라지겠다고 결정하고, 마지막에는 혼자만 이 기억을 갖고 가겠다고? 내가 한참 널 잘못 봤어. 넌 역시 괴물이야. 자기 욕심만 알고, 세월이는 절대 이해하려고 하지도 않는."

괴물과 인간은 같이 있으면 불행해진다는 걸 본인 입으로 말했으면서. 이질적인 존재는 그렇지 않은 것과 어울리는 순간부터 관계의 끝이 정해진다. 그녀와의 관계도 그럴 것이라고 여겼다. 단지 내가 욕심을 부렸기에 조금 더 특별해졌을 뿐.

그렇게 다짐했음에도, 막상 소원의 말을 들으니 머리에 돌이라도 맞은 기분이다. 나는 그녀의 말을 듣고 깨달은 걸까, 아니면 마음속에 숨겨 두었던 진짜 소원을 그녀로 인해 발견한 걸까. 권다경과 서별의 일이 떠올랐다. 둘은 일이 터진 뒤로 온전한 대화를 나누지 못했고, 각자 원래의 삶을 되찾긴 했으나 삶의 일부가 될 수도 있었던 서로를 잃어버렸다. 그리고 나는 그 둘을 보며 안타깝다 못해 가능하다면 삼켰던 기억을 다시 돌려주고 싶기까지 했다.

그렇게 생각했음에도 똑같은 실수를 반복하려 하고 있다. 나 한 명만이 홀로 기억을 가지고 떠나려 했다. 세월과 상의하는 것은 어쩌면 그녀에게 더 큰 상처를 남길 수도 있는 일이었으나, 그렇게 한다면 적어도 내가 아는 비극을 반복할 일은 없을 것이다. 생각이 완전히 바뀐 것은 아니나, 소원의 그 말 덕분에 나는 또 다른 가능성을 뒤늦게나마 깨달을 수 있었다.

"아직은 세월에게 말할 준비가 되지 않았어."

"너, 끝까지……"

"하지만, 듣고 싶은 이야기가 생겼어."

"듣고 싶은 이야기?"

"걔가 남에게 공감하는 걸 어려워한다는 걸 눈치챘을 때, 그리고 서서히 바뀌고 있다는 걸 알았다는 사실만으로 나는 걔를 잘 알고 있다고 생각했어."

오만한 생각이었다. 왜 그렇게 되었는지도, 정확히 어떻게 변화가 일어났는지도 나는 모르니까. 그중 아무것도 그녀의 입을 통해 들은 적이 없으니까.

"하지만, 사실 나는 아직도 걔를 잘 몰라. 덕분에 깨달았어. 그러니까, 남은 시간은 세월이를 알아가는 데 모두 쓸 거야. 그러면 정말로 걔를 위한 결말을 낼 수 있을지도 모르지."

소원의 표정이 조금 누그러지는 것이 느껴진다. 나름 정답에 가까운 대답이었는지, 그녀는 아무런 말도 덧붙이지 않고 홱 하니 돌아섰다. 시간은 어느새 저녁시간의 끝에 가까워져 있었고, 시계 대신 담장 너머 지평선 근처의 하늘이 붉게 물들었다.

* * *

오늘 저녁시간 내내 혜성과 소원이 보이지 않았다. 소원은 약속이 있으니 오늘은 같이 못 먹겠다는 문자를 보내왔다. 같이 공부하기로 했으니 적어도 혜성은 도서관에 있을 줄 알았건만, 그는커녕 그의 흔적조차 남아 있지 않았다. 시험이 얼마 남지 않았음에도 도저히 공부할 의욕이 들지 않아, 나는 교과서를 보는 둥 마는 둥 하며 자리에서 멍을 때렸다. 이렇게 피곤함이 몰려오는 날이면 앉은 채로도 잠이 들 때가 가끔 있었는데, 오늘이 그런 날인 모양이었다. 불편한 자세로 잠들면 악몽을 꾸는 일이 많아 최대한 정신을 차리려 했지만, 그럴 정신도 없는지 나는 그대로 잠에 빠져들었다.

나는 엄마의 품에 안겨 본 기억이 거의 없다. 이렇게 말하면 내가 고아인 것으로 오해할 수도 있는데, 내 부모님은 두 분 다 살아 있다. 심지어 기숙사에 들어오기 직전까지 쭉 같은 집에서 살았다. 어릴 적 아빠는 일로 바빴고, 엄마는 산후 우울증 때문에 나를 제대로 돌보기는커녕 깜빡하고 식사를 주지 않는 경우도 많았다. 보통의 아기 같으면 떼를 쓰며 밥 달라고 울 법도 한데, 엄마 말에 따르면 나는 한 번도 그런 적이 없어서 처음에는 마냥 착한 줄만 알았다고 한다. 어린 나를 내버려 두어도 아무런 일이 일어나지 않는다는 걸 안 후, 엄마는 내 육아를 예전보다도 등한시했다고 한다.

차라리 거기서 끝났다면 조금 나았을지도 모른다. 아빠는 집에 늘 늦게 들어왔지만 나를 볼 때마다 예뻐했고, 엄마도 나를 돌볼 때만큼은 다정하게 대해 주었으니까. 사건은 내가 유치원에 들어갈 나이가 될 때쯤 터졌다. 우울증을 극복하기 시작한 엄마는 서서히 나와 놀아 주는 빈도를 늘려 가고 있었다. 유난히 춥던 겨울날, 엄마는 나와 블록을 가지고 놀다 갑자기 쓰러졌다.

"세월아……. 엄마 핸드폰 좀 줘……."

쓰러진 직후 의식이 남아 있을 때, 엄마는 휴대전화를 가리키며 내게 달라고 애원했다고 한다. 엄마는 혹시나 내가 울거나 당황하느라 움직이다가 다치진 않을까 걱정했으나, 이윽고 내가 보여 준 행동은 그런 생각을 싹 날아가게 했다. 내 기억에는 없지만, 나는 엄마와 블록을 천천히 번갈아 바라보며 아무렇지도 않다는 듯 이렇게 말했다고 한다.

"블록 놀이는 이제 못 하겠네."

그러고는 책장으로 쪼르르 달려가 만화책을 하나 꺼내고는, 쓰러진 엄마 앞에 앉아 책을 읽었다. 그것도 깔깔 웃기까지 하면서. 엄마가 다시 깨어났을 때는 구급대원들과 방금 퇴근한 아빠가 자신을 달래고 있었고, 나는 그때마저도 만화책을 손에 붙잡은 채 상황을 갸우뚱거리며 바라보고 있었다.

그녀는 아직도 그날의 충격을 잊지 못했다며 내가 뭔가를 잘못할 때마다 그때 일을 꺼내곤 했다. 기억이 제대로 나지는 않지만 그 정도의 일을 기억 못 하는 걸 보면, 그리고 지금의 나를 보면 신빙성 없는 이야기는 아니다. 어쨌거나 그날 이후 나는 부모님에게 자식 취급을 받지 못했다. 아니, 정확히는 사람으로 취급받지도 못했다. 두 분에게 나는 괴물이었다. 내가 혜성을 처음 만났을 때 느꼈던 기분을 두 분도 나를 볼 때마다 느끼고 있을 터였다.

내 악몽의 대부분은 떠오르지도 않는 기억에 관한 것들이다. 나는 집 안에서 죽어 가는 부모님을 바라본다. 마음속으로는 도와줘야겠다고 외치나, 매정한 내 발은 두 분의 반대편을 향해 걸어간다. 다시 장면이 교차하고, 이번에는 내가 피를 흘리며 쓰러져 있다. 내가 방금 그랬듯, 두 분은 내게 시선 하나 주지 않은 채 그대로 사라진다. 두 장면이 몇십 번 정도 반복되고 난 뒤에야 나는 꿈에서 깬다.

일어났을 때는 벌써 도서관에 아무도 없었다. 시간을 보니 다행히 저녁시간이 완전히 끝나지는 않은 상태였다. 재빨리 문단속하고 도서관을 나오자, 복도의 창 너머로 기숙사 외곽을 걷는 혜성이 눈에 들어왔다. 나는 급히 계단을 내려가 1층으로 나오자마자 보이는 그를 향해 빠르게 달려갔다.

"임혜성! 너 왜 오늘 도서관 안 왔어? 소원이는 약속 있다고 못 온다고 하긴 했는데."

"소원이랑 얘기할 게 있어서."

"진작 좀 이야기해 주지. 나한테 이야기한 거랑 같은 내용이야?"

"비슷해. 근데 너 아까는 조금 어색해하더니, 지금은 별로 그렇지도 않은 것 같네."

그때는 아무렇지도 않았지만, 지금은 악몽을 꾼 직후였으니까. 누구라도 좋으니 이 더러운 기분을 떨쳐 내게 도와줄 사람이 필요했다. 물론 혜성은 인간이 아니긴 했지만, 웃기게도 지금 내게 가장 가까운 사람 중 한 명이니까.

"그냥, 어제 갑자기 껴안은 게 떠올라서. 생각해 보니 내가 너무 무작정 그랬네. 미안해."

미안하다는 말을 꺼내기도 전에, 나는 혜성의 얼굴에서 믿지 못할 광경을 보았다. 귀까지 붉게 달아오른 얼굴. 시선을 피하는 눈동자. 아무리 몰라도 이렇게 빤히 보이는 표정이라면 이게 무엇을 뜻하는지 이해할 수 있었다. 그는 그날 저녁의 일을 부끄러워했다. 어두울 때는 어떤 표정인지 알 수 없었는데, 어젯밤의 도서관에서도 이런 표정을 지었던 걸까. 그의 죄를 들었음에도, 지적해야 할 부분이 셀 수 없이 많았음에도, 나는 그 부끄러운 표정 하나를 보지 못한 것이 아쉬워 모든 것을 잊어버렸다. 이런 건 옳지 않다는 걸 안다. 옛날을 살았던 그 아이에게 실례가 되는 행동임을 안다. 그런데도 나는 그 옳지 않은 행동이 그렇게 나쁘게 다가오지 않았다.

"있잖아."

"응?"

"이 학교를 졸업하면 너를 이제 보지 못하게 되나?"

이런 말을 하면 그의 표정은 어떻게 변할까. 차마 바라볼 용기가 나지 않아, 나는 시선을 바닥에 고정한 채로 말을 이어 갔다.

"너만 괜찮다면, 졸업하고 나서도 친하게 지내지 않을래?"

아, 방금은 조금 고백 같았을까. 그냥 정말 옆에 있었으면 해서 말한 것뿐인데. 뜻을 너무 오해하지 말라며 변명하려고 고개를 든 순간, 내가 본 그의 표정은 지금까지 본 것 중 가장 사람 같은 표정이었다. 눈물을 흘리지 않고 있었음에도 그가 울고 있다는 걸 단번에 알 수 있었다. 남의 기억을 먹은 것도 아닌데. 그냥 내가 말 하나를 네게 던졌을 뿐인데.

"미안해."

"뭐가."

"그 약속을 받아들이지 못해서 미안해."

단순히 같이 있기 싫은 거라면 이렇게 슬피 사과하진 않을 텐데. 아니, 애초에 자기 과거를 그리 순순히 털어놓지도 않았겠지. 나는 그가 나를 믿기 때문에 그런다고 생각했는데. 그래서 어쩌면 졸업하고 나서도 같이 있는 게 가능하지 않을까 싶기도 했다. 그런데 미안하다는 말을 듣고 나니, 그런 미래는 절대 없다는 걸 다시금 확인받는 느낌이었다.

"듣고 싶은 이야기가 있어."

"뭔데?"

"그냥. 너에 관한 이야기면 다. 먹으려고 그러는 건 아니니까 오해 마."

내가 그렇게 궁금하다면. 그렇게 관심이 간다면, 계속 옆에 있지 못하는 이유는 역시 이야기를 더 먹기 힘들어서일까. 그러고 보니, 한 학기 동안 먹은 이야기가 다섯 손가락 안에 드는데, 이걸로 졸업 때까지 버틸 수 있기는 한 건가?

"나, 사실 옥상 열쇠 있어. 도서관 책상이나 의자를 보관하는 창고가 옥상에 있어서 선생님이 주시더라고."

나는 주머니에서 열쇠 더미를 꺼내 자랑하듯 짤랑거렸다. 그것이 뭘 의미하는지 모르는지 혜성은 입을 다문 채 열쇠를 멍하니 바라보고만 있었다.

"그러니까, 괜찮으면 내일 점심시간에 매점 들렀다가 옥상 가자. 가끔은 그런 식으로라도 바람이나 좀 쐬어야지."

"응. 그러자. 재밌겠네."

그는 입가를 씩 올려 웃어 보였으나, 내 눈으로는 그 표정에서 기쁨을 읽어 내기 어려웠다. 마음 같아서는 자율학습 같은 건 째고 당장 옥상으로 그를 끌고 가 무슨 일이 있는지 물어보고 싶었다. 나는 그를 만나 이렇게나 변했다. 원래 같으면 자율학습을 째기는커녕 옥상 열쇠를 들고 있어도 이런 식으로 활용할 거라는 생각 자체를 못 했을 터였다. 넌 나를 일상 밖으로 끄집어낸다. 혜성이 과연 그것을 자각하고 있을지 모르겠으나, 내일 점심이 되면 그가 가져온 변화 일부분의 일부분이라도 말해줄 수 있을 것이다. 나는 그렇게 내일을 기약했다.

13. 혜성에게 빌 소원

그날 아침은 유독 일찍 눈이 떠졌다. 산책이나 할까 싶어 기숙사 밖으로 나온 나는 문을 열자마자 깜짝 놀랄 수밖에 없었다. 아직 여섯시도 되지 않았는데, 기숙사 앞길에서 소원이 화단을 구경하며 산책을 즐기고 있었기 때문이다.

"어휴, 놀랐네. 나 말고 새벽에 누가 일어나나 했더니, 세월이 너였어?"

"너 원래 이 시간에 일어나?"

"일찍 자고 일찍 일어나는 게 습관이 돼서. 아침 공부 좀 하다가 잠깐 산책 나왔지."

무척이나 이상적인 생활 패턴이네. 밝다고 하기에는

어스름한 새벽인데, 졸리기는커녕 소원 덕에 정신이 번쩍 들었다.

"어제 혜성이랑 무슨 이야기 했어? 아, 물어봐도 되려나?"

"혜성이가 말했구나. 나도 마음 같아선 말해 주고 싶지만, 걔가 너한테 직접 말하고 싶어 하는 것 같으니 조금만 기다려 봐."

"혜성이는 나한테 해 준 이야기랑 비슷한 거랬는데."

자신이 실수한 걸 알아챘는지, 곤란함이 잔뜩 눈에서 묻어나왔다. 그녀는 자신의 감정을 쉽게 숨기지 못한다. 그건 아마 그녀의 감정이 넘쳐흐를 정도로 풍부해서겠지. 새벽이라 판단력이 흐려진 건지, 나는 실례가 될 수도 있는 질문을 대뜸 그녀에게 건넸다.

"원래 그렇게 표정이 다양해?"

"티 많이 났어?"

"나긴 했는데, 그 일은 별로 신경 안 쓰니까 괜찮아. 나는 그냥, 네가 감정 표현이 다양한 게 신기해서 한번 물어본 거야."

내가 부족한 편이기도 하지만, 그동안 만난 주변 사람

들을 생각해 보면 소원은 다른 사람보다 자신의 충동이 나 감정에 몸을 맡기는 경우가 많았다. 어떤 사람은 그걸 단점으로만 볼 수도 있을 터였다. 맨 처음 소원을 봤을 때 나도 그랬으니까. 그러나 이제는 누군가의 고통에 오히려 자신이 울 것 같은 표정을 짓는 그녀가 부럽다는 생각이 든다. 내가 너라면 나를 괴롭히는 악몽 속에서 쓰러진 엄마에게 손을 내밀 수 있을 것만 같다. 반복되는 두 개의 악몽에서 벗어나는 것. 그게 나의 소원이었다. 그녀는 내가 소원을 이루고 나면 어떻게 변할지 그 미래를 보여 주는 것 같은 사람이다.

"사실 나 정도면 우리 집에서는 내가 제일 조용한데. 나 집에 가면 왜 이렇게 표정이 없냐는 소리도 들어."

"확실히 가족 영향을 많이 받은 것 같네."

사람의 성격은 어린 시절에 멈추는 걸까. 그렇다기에는, 짧은 몇 달 사이 우리는 참 많이도 변했다.

"난 처음에 네가 표정이 너무 없다고 생각했어."

"응. 말해 준 적도 있었지."

"그런데 요즘은 그냥 이야기하다가도 종종 웃는 것 같더라. 그래서 보기 좋아."

성격 자체를 갈아엎을 수 없을지는 몰라도, 변화하고 싶은 모습이 있다면 그 이상향에 조금은 가까워질 기회가 주어질 것이다. 이 고민 상담부가 내게는 그 기회다.

"그렇게 말해 줘서 고마워."

"지금도 웃네. 진짜 갈수록 자주 웃는다."

"너도 처음 만났을 때보다는 말투가 많이 나아졌다? 예전에는 막무가내더니."

"그러게. 너희 보고 배웠나 봐. 혜성이도 다른 애들한테 말만큼은 예쁘게 하잖아."

그러고 보니, 이제 몇 시간 뒤에는 혜성의 얼굴을 보겠네. 어제는 그냥 아무 생각 없이 듣고 싶은 이야기가 있다길래 알겠다고 말했는데, 지금 생각해 보니 무슨 이야기를 할지 모르겠다. 그렇게 심각한 과거를 들었으니 나도 내 과거를 꺼내 보여야 하나. 그나마 안심이 되는 점이 있다면, 내 과거가 아무리 끔찍하더라도 괴물인 그에게 있어서는 별 이야기 아닌 것처럼 느껴지리라는 믿음이었다.

혹시나 해서 쉬는 시간에 기상 예보를 확인하자, 오후에 잠깐 가벼운 소나기가 내릴 거라는 말에 한숨이 절로 나왔다. 그래도 점심시간까지는 괜찮겠지, 하는 마음에 결국 약속을 변경하지는 않기로 했다. 점심시간을 알리는 종이 치자마자, 나는 복도로 나왔다. 때마침 혜성도 교실에서 막 나온 듯했다.

"오늘 급식 맛있다는데, 매점 가기 아쉽지 않아?"

"매점에 줄 없을 테니까 오히려 다행이지."

재빠르게 매점에 들러 빵과 음료를 사 온 후, 혹시나 선생님과 마주치진 않을까 조마조마하며 옥상으로 향했다. 한 손에 겨우 잡히는 자물쇠와 잠깐 실랑이를 하고 난 뒤에야 철문을 열 수 있었다. 문 너머로 보이는 하늘은 비가 올 기미는커녕 구름 하나를 발견하기 어려울 정도로 선명했다. 아무래도 예보가 잘못된 모양이었다. 왼편으로 시선을 돌리자 비품 창고가 눈에 들어왔다. 나와 그는 창고 벽에 등을 기댄 채 난간 너머의 풍경을 응시했다. 저 멀리 산을 낀 도로에서는 드문드문 차들이 지나가고 있었다.

"저 도로를 타 본 게 벌써 몇 달 전이네."

"이번 학기에 한 번도 집에 안 간 거야?"

"응. 우리 가족은 나 보는 거 싫어하거든. 내가 기숙사 학교 붙었다고 했을 때 엄청 좋아하셨어. 최소한 3년은 자주 안 봐도 된다고."

무슨 이야기든 말할 각오를 하고 나왔더니, 평소 같으면 말하지도 않을 가정사가 자연스레 나왔다. 그러나 그를 향해 고개를 돌린 순간, 나는 당황한 나머지 들고 있는 음료수마저 떨어뜨릴 뻔했다. 혜성이 그런 얼굴을 할 수 있는지 전혀 예상치도 못했다. 이야기를 들은 것만으로도 곤란해하고, 옆에 서 있다는 이유만으로 자신이 더 미안해 보이는 얼굴. 아까까지의 용기는 어디 가고, 그 뒤의 일을 읊어 내려던 내 입이 움직이려 하지 않았다.

"그 표정은 뭔데."

그는 아무것도 되묻지 않았다. 자신의 상태가 어떤지 알고 있다는 듯.

"너는 그렇게 어두운 과거도 쉽사리 말한 주제에, 왜 이 정도 얘기 가지고 그렇게 동요하는 거야."

"쉽게 말한 거 아니야."

대답을 들고 나서야 내가 실수를 했다는 걸 깨달았다. 그가 변했다는 걸 눈치챘다면 이 정도 반응은 눈치챘어야 했는데. 성급히 말해 미안하다고 하기도 전에 혜성이 먼저 말을 꺼냈다.

"계속 말할 게 있다면 해도 돼. 네가 그랬듯 나도 계속 들어 줄 테니까."

이런 반응과 말을 들으면 그가 마치 사람인 것처럼 여겨진다. 그러면 안 되는데. 어떻게 내가 가족과 멀어졌는지 설명하려면 그날의 일부터 시작해야 한다. 보통 사람이 듣는다면 부모가 아닌 나를 탓할 이야기. 소중한 사람일수록 차마 꺼내지 못하는 과거. 그가 괴물이기 때문에 털어놓을 수 있는 일이었는데, 시작도 하기 전에 이런 반응을 보고 나니 말할 생각이 들지 않았다.

"별 얘기 아냐. 부모님은 늦둥이 동생만 예뻐하거든. 그래서 나같이 모난 성격의 첫째는 눈엣가시인 거지."

화제를 돌린다는 걸 알았을 터였다. 알았을 텐데, 그는 아무것도 묻지 않고 그렇구나, 하는 반응만 보인 채 내 이야기를 가만히 들었다. 정말 이런 과거가 아니어도 나에 관한 이야기라면 전부 괜찮은 건가?

"그러고 보니, 오늘 비 온다더라. 웃기지, 하늘이 이렇게 맑은데. 사실 나는 비 오는 날씨를 싫어해. 괜히 찝찝하고, 기분도 우중충해지고."

"그 이야기는 처음 듣네."

"비가 오면 꽃잎이 쉽게 져 버리는 것도 싫어. 꽃을 그리 좋아하진 않지만, 떨어져 버린 꽃잎을 보면 괜히 안타까운 마음이 들거든."

소소해도 너무 소소해서 사람에 따라서는 귀찮게만 여겨질 수도 있는 말이었다. 그러나 그는 그 이야기 하나하나를 흥미롭다는 듯 귀 기울여 듣고 있었다. 그러고 보니, 내가 그와 이런 말을 나눈 적이 별로 없긴 했지. 웃기는 일이다. 몇 달 동안 같이 지내 놓고 서로 취향 하나 모르다니.

"너는 그런 거 없어? 어떤 날씨가 좋고 싫다는 거."

"흐린 날씨는 다 싫어. 밤하늘이 제대로 안 보이거든."

"생각보다 낭만적인 이유네."

그 뒤로도 우리는 한참이나 서로의 관심사를 이야기했다. 좋아하는 색은 무엇인지. 사탕과 초콜릿 중 어떤 걸 더 좋아하는지 같은 것 말이다. 나는 사탕보다는 초콜릿을 더 좋아하는 쪽이었으나, 혜성은 자신은 음식을 먹어도 맛에 감흥을 느끼지 못해 단 것 자체를 그리 즐기지 않는다고 답했다. 혹시 동물은 좋아하는지 물었을 때, 개가 자신이 괴물인 걸 알아보고 짖어 대서 그리 좋아하지 않는다는 이야기를 듣자 괜히 웃음이 나왔다. 어느새 하늘에 조각구름이 조금씩 몰려오는 것도 모른 채, 나와 그는 그런 시시한 이야기를 몇 번이고 주고받았다. 다음 질문을 할 줄 알았던 그가 뜬금없는 말을 하기 전까지.

"이렇게 널 알아 갈 수 있다 하더라도, 너를 이해하기에는 시간이 많이 모자라겠지."

의미심장한 말에 순간 불길함이 머릿속을 스쳤다. 아냐, 수십 년을 산 괴물이니 3년 정도야 짧게 느껴질 수 있겠지. 그래도 몇 년 정도면 꽤 많이 알 수 있지 않겠냐고 말하려는 찰나, 이어지는 그의 말에 마음이 내려앉았다.

"생각보다 이야기를 많이 먹지 못했어. 이대로라면 여름이 가기 전에 허기를 이기지 못하고 돌아가야 할 거야."

지금은 벌써 여름의 초입이었고, 그가 말한 대로라면 내가 그를 볼 수 있는 날은 한 달도 채 남지 않은 거나 다름이 없었다. 그게 무슨 소리냐며 되물을 기분조차 들지 않았다. 옥상 바닥에 그늘이 지기 시작했다. 빛을 가리는 먹구름이 산을 타고 몰려든 탓이었다.

“왜 미리 말하지 않았어?”

이야기를 많이 먹지 못한 게 이유라면, 얼마 전까지는 이 사실을 직감하고 있었을 게 분명했다. 만약 서별의 이야기를 먹지 못했다면 아예 진즉 떠나 버렸을 수도 있었겠지.

“허락해 준다면, 나는 네 기억을 지우고 떠날 생각이었어.”

내게 변화를 건네준 그가, 그것이 피어나기도 전에 흔적조차 남기지 않고 사라지겠다 말한다.

“기억을 지운다면 언제 말해도 상관없다고 생각했어. 되도록 떠나기 직전에 말하고 싶었고.”

미리 말하면 내 태도가 이렇게 바뀔 걸 알고 있었으니까겠지. 어떻게 해야 분이 풀릴까. 소원이 그랬듯 그의 멱살이라도 잡고 바닥으로 내리쳐야 할까. 그렇게 하면 그도 지금 내 기분이 어떤 것일지 조금이나마 느낄 수 있을까. 그러나 그의 낯짝을 보기 위해 화를 견디며 고개를 들었을 때, 나는 그가 이미 나만큼, 어쩌면 나보다 더 아파하고 있다는 걸 알 수 있었다.

"그런데 그렇게 멋대로 결정해 버리는 건 내 욕심이라는 사실을 누구 덕분에 깨달았어."

"윤소원이랑 나눈 이야기가 그거였어?"

"응. 미리 말해 주지 못해 미안해."

내 이야기를 듣고 싶다던 이유는, 나를 이해하려고 노력한 이유는 늦게나마 더 좋은 결론을 찾기 위해서였나. 그러나 그 사실은 지금의 분노를 가라앉히기에는 충분하지 않았다. 나는 마치 예전의 내가 그랬듯 화를 꾹 눌러 담은 채 차가운 목소리로 그를 질책하려 했다. 그러나 막상 내 입에서 나온 건 냉정하기는커녕 원망이 담긴 울먹임에 가까웠다.

"진작 말했어야지."

"정말 미안해."

"왜 모든 걸 네 멋대로 하려고 하는데. 소원이가 그랬단 말이야. 남들과 함께한 기억은 본인만의 것이 아니라고. 너 혼자서 멋대로 다루면 안 되는 거라고."

수십 년을 살았으면서도 어떻게 그런 것 하나를 모를까. 인간들과 부대끼는 걸 피해 왔다고는 들었지만, 그 정도 나이를 먹었으면 어디서 듣고 본 건 있어야지.

"똑같은 실수를 반복할 셈이야? 나한테 네 과거를 말했잖아. 실컷 후회하고 있었잖아. 또 같은 일을 할 생각이었냐고."

"이세월. 거기까지 해. 화난 건 알고, 내가 이런 말을 할 처지가 안 되는 건 알지만 내 과거는 그렇게 써먹으라고 이야기해 준 게 아니야."

"그럼 왜!"

왜 이야기해 준 걸까. 어차피 이것조차 잊을 텐데. 그의 과거는커녕 그가 있었다는 사실조차 잊게 할 거라면 왜 말해 준 건지. 그때는 차마 묻지 못했던 말이 입안을 휘감았고, 화를 이기지 못해 물으려는 순간 그의 대답이 먼저 돌아왔다.

"네가 나한테서 정을 뗐으면 했어."

"뭐?"

"네가 기억을 잃는 걸 바랐으면 했어. 나를 잊어버리기를 바랐으면 했다고."

아예 예상치 못한 답안은 아니었다. 아니, 오히려 예상대로일지도 모른다. 나는 방금 들은 내용으로 이 정도 답안을 충분히 유추해 낼 수 있었다. 그런데도 왜 나는 이렇게 놀라는 걸까. 왜 억지로라도 울어 버리고 싶은 걸까. 어깨 위로 차가움이 한 방울, 그리고 한 방울씩 떨어져 온다. 창고 벽에 처마가 달려 있어 망정이지, 그렇지 않았다면 얼마 지나지 않아 소나기를 온몸으로 맞았을 터였다.

"조금만 더 전에 그렇게 말하지 그랬어. 그럼 진작 정 떼고도 남았을 텐데."

"조금이라도 예측했을 때 어떻게 할지 너와 미리 상의했어야 했는데."

"아니. 어차피 미리 말했어도 결론은 같았을걸. 추억 하나 제대로 만들지 못한 시간 안에 네가 어떻게 나를 이해할 수 있겠어."

목소리에 담긴 울먹임이 잦아든다. 슬픔은 어느새 빗물과는 확연히 구분되는 온기가 되어 뺨을 타고 흘렀다. 어차피 이쪽으로 튀기는 비가 내 얼굴에도 예외 없이 튀었으니, 이 정도는 티도 나지 않겠지.

"제대로 결론도 내지 못했겠지. 그래, 어쩌면 지금이랑 별다를 게 없었을지도 몰라."

둘 모두에게 완벽한 결말을 찾기에는 부족한 시간이

었다. 아니, 이거야말로 사실 완벽한 걸지도 모른다. 나는 이제 괴물과 엮일 일이 없고, 괴물은 자신이 있었다는 흔적을 지운 채 사라지는 거니까. 그게 이성적인 결말이다. 그러나 나는 그가 곁에 있기를 바랐고, 아마도 그는 나에게서 잊히기를 두려워하는 것 같았다. 아니, 그렇게 확신했다. 바닥을 향해 내려뜨린 그의 손이 미세하게 떨리고 있었으니까.

"방학식까지는 남아 있는 거지?"

"응. 그때까지는 버틸 수 있을 거야. 아니, 버틸게."

나는 눈물을 닦는 것도 잊는 채 내 뺨을 쓸어내려야 할 손으로 떨고 있는 그의 손을 잡았다.

"내게 잠깐 시간을 줘."

"기억을 먹으려는 건 네가 편해지길 바라서 그랬던 거야."

"응, 나도 알아."

"그러니까, 네가 원한다면 그 기억을 안고 살아가도 돼. 아니, 사실 그랬으면 좋겠어."

그랬으면 좋겠다는 말. 내가 알던 얼마 전까지의 그라면 절대로 하지 않을 말이다. 그래서 나는 그것이 정말로 진실임을 확신했다. 다시 만날 수 없다 하더라도, 그는 서로가 서로만큼의 이야기를 갖기를 바라고 있었다. 그러면 언젠가 다시 만날 수도 있다는 희망이 있는 것 같으니까. 그 언젠가가 나에게 허락될 정도로 금방 찾아오는 시간일지는 모르겠지만.

"조금만 기다려. 나도 내 나름의 답을 찾아볼 테니까."

소나기는 거세게 내렸다가 바닥을 흥건히 적시는 빗물만 남긴 채 사라졌다. 나는 혜성 반대편으로 고개를 돌리고는 그새 생겨난 웅덩이를 조심스레 피하며 옥상에서 나왔다.

* * *

아무래도 혜성이 세월한테 곧이곧대로 말한 모양이다. 오후 쉬는 시간에 복도를 지나는 세월을 만나 잠깐 대화를 나누었는데, 목소리 한마디마다 우울함이 뚝뚝 떨어져 내렸으니까. 분명 아침만 해도 이보다는 훨씬 멀쩡했는데 말이다.

'그래도, 일단은 지금이라도 이야기를 했다는 것만으

로 용하네.'

혜성도 마냥 피하지만은 않기로 한 모양이다. 내가 할 수 있는 조언은 이 정도면 끝났고, 사실상 둘의 관계에 내가 개입할 부분은 이제 없다고 봐도 되겠지. 둘은 티를 내지 않으려고 노력하는 것 같지만, 좋은 쪽이든 나쁜 쪽이든 그들이 서로에게 갖는 감정의 깊이가 그 둘이 내게 갖는 것과는 다르니까.

'얄미운 자식. 어차피 안 죽을 거, 그때 부적으로 뺨을 한 대 후려쳤어야 했는데.'

옛날 같았으면 진작 그랬을 거다. 맨 처음 둘을 만났을 때, 내게 있어 혜성은 퇴치해야 할 괴물이고, 세월은 괴물로부터 보호해야 하는 대상일 뿐이었으니까. 정이 아주 조금 들긴 들었는지, 아니면 둘의 표정을 보고 마음이 약해진 건지, 학기가 끝나면 혜성이 이제 이곳에 없을 거라는 생각에 약간, 정말 약간 아쉬움이 들었다. 그리고 나는 예전부터 내가 그를 괴물이 아닌 임혜성으로 보고 있다는 사실을 다시금 인정했다. 튀는 성격과 행동 때문에 그렇지 않아도 친구가 얼마 없는 나였다. 그러니 이렇게 친구 중 한 명을 갑자기 떠나보내야 할 때, 어떤 모습을 보여야 하는지 나로서는 알 도리가 없었다.

'다행인 것 같으면서도, 또 묘하게 섭섭하기도 하고.'

여름이 지나면 지금과는 또 다를지도 모른다. 빈자리를 느끼는 바람에 아쉬움이 짙어질지, 시간을 따라 그 빈자리가 자연스레 사라질지는 모르겠지만.

* * *

시험이 얼마 남지 않았지만, 하필 오늘 신간이 들어오는 바람에 저녁시간을 전부 도서관 책을 정리하는 데 써야만 했다. 동아리 활동을 하던 시간마다 모여서 공부하자고는 했지만, 내가 혜성에게 낼 답안을 생각해 내기 전에는 역시 힘들 것 같았다. 둘 다 도서관에 오지 않는 걸 보니 소원도 어느 정도 낌새를 눈치챈 듯했다.

생각보다 책의 양이 많아, 미처 도장을 찍지 못한 책은 우선 부실 안쪽에 두기로 했다. 부실 문을 여는 동시에 먼지가 이는 바람에, 재채기를 몇 번 하고 난 뒤에야 안을 둘러볼 수 있었다. 중간고사 때는 그리 오래 비웠는데도 이렇게 먼지가 쌓이진 않았는데. 아무래도 구석에 있고, 환기도 하지 않았더니 자주 청소하지 않으면 이렇게 금방 더러워지는 모양이다. 그럼 중간고사 때 부실을 비웠을 때는 누가 여길 청소한 거지?

'혜성이가 했나 보네. 소원이가 했다면 어딘가 한두 군데는 망가졌을 테니까.'

책을 두기 위해 칸막이를 살피자, 한 학기의 끝이 오긴 온 건지 꽤 많은 양의 일지가 안에 꽂혀 있었다. 나는 무심코 그것을 하나씩 집어 들어 펼치고는 내가 쓴 문장을 찬찬히 읽기 시작했다.

김해원. 소설 작가가 꿈이었으나, 부모님의 반대로 꿈을 포기하는 결정을 내렸던 애다. 기억을 잊은 후에도 글 쓰는 걸 좋아하는 마음은 그대로였는지 이를 계기로 오히려 자신의 꿈을 되찾았지. 처음 봤을 때는 꿈을 포기한다는 행동이 안타깝게는 여겨졌어도 그럴 수 있다고 생각했는데, 다시 찾아왔을 때는 지금의 꿈을 밀고 나가기를 적극적으로 응원했다.

유해람. 이루어질 가망이 없는 짝사랑을 했던 애다. 그런 효율 낮은 사랑은 포기하는 게 나을지도 모른다 생각했는데, 혜성의 말을 통해 그것조차 가치가 있는 마음이라는 걸 깨달았지. 안타까울 줄만 알았던 고백은 내가 마음이 일렁일 정도로 예쁘게 느껴졌었다.

권다경. 그리고 서별. 둘은 더 깊은 관계로 발전할 여지가 있었으나, 서별의 실수 아닌 실수로 그 관계를 깨뜨리고 말았다. 나는 권다경의 정신 건강을 최우선에 두었고, 결국 둘의 기억을 모두 지우는 결정을 했다. 그게 가장 괜찮은 결정이었다고는 생각하나, 아직도 다시 둘을 만나게 했다면 어땠을까 하는 마음이 한구석에 자리 잡고 있었다.

일지를 다 읽고 나서 깊게 와닿는 사실이 있다. 모든 사건 속에 그가 있었다. 처음 고민 상담부를 세웠을 때는 그에게 기억을 먹는 일 말고는 아무것도 시키지 않을 작정이었다. 그러나 그의 말이, 행동이, 그 모든 것이 문장에 녹아들어 있었다. 이미 알고 있었듯, 내 변화의 모든 곳에는 그가 깃들어 있다. 만약 그를 잊어버린다면, 나는 원래의 나로 돌아갈지도 모른다. 남이 울 때 같이 울지 못하고, 웃어도 왜 웃는지 분석하려고 하는 지루했던 때로. 악몽과 현실이 다를 것이 없던 때로. 그러나 나는 그러지 않을 자신이 있었다. 소원을 만나고, 내게 상담을 받은 학생들로부터 많은 걸 배웠다. 혜성 덕에 만난 인연이지만, 그와는 또 다른 별개의 연이다. 지금과 조금은 달라질지도 모르겠지만, 이 학교에 들어오기 전의 나와는 많이 다른 내가 있을 것이다. 그렇게 생각하니 기억을 지우는 일이 조금은 덜 두려웠다.

'그래도 막상 기억을 지운다 생각하니 무섭네.'

권다경이 계속 기억을 갖고 살아갔다면 어땠을까. 누구한테도 말할 수 없고, 가지고 있어 봤자 마음을 아프게만 하는 과거. 내가 권다경이었다면.

'역시 잊어버리고 싶지는 않아.'

그러나 지금의 충동만으로 결정해서는 안 된다. 만약 그가 떠나기 전에 결정하지 않는다면, 내가 이 기억을 잊을 방법은 영영 없겠지.

'평생 그를 만나지 못한 채 그 기억만을 안고 살아갈 수 있을까?'

기억을 잃기 전에야 두렵지, 모든 것이 끝나고 나면 내가 생각했던 것보다도 괜찮을지 모른다. 그러나 마음속을 불쑥 치고 들어오는, 유래를 모를 이상한 말이 침착하게 판단하려는 걸 방해한다. 잊어버리고 싶지 않다고. 함께했던 기억을 남기고 싶다고.

그가 괴물만 아니었어도. 내가 그가 괴물이라는 걸 몰랐다면. 차라리 뒤늦게 알았다면 지금의 상황과는 조금 달라졌을지도 모른다. 친구가 괴물이라는 걸 알았다는 것과 괴물과 친구가 되었다는 건 비슷해 보여도 많이 다른 일이니까.

'근데, 그는 내 기억을 먹은 뒤 어떻게 할 작정일까.'

허기가 채워지면, 그는 예상보다 더 오래 이 학교에 있을 수 있을 터였다. 그럼 그는 내가 기억을 잃은 뒤에도 계속 이 학교에 다니고 있는 걸까? 거기까지 생각이 미쳤을 때, 과거 그가 꺼낸 말 하나가 머릿속을 스쳤다. 이야기의 맛은 자신의 취향에 따라 갈리기도 한다고. 그 맛이 얼마나 오래 그가 지금 모습을 유지할 수 있는지와 직결된다면, 그리고 내 기억이 그에게 소중한 것이라면, 그는 내 생각보다도 오래 인간의 모습으로 있을 수 있는 게 아닐까?

'우리가 괴물과 인간으로 만나지 않았다면 어땠을까.'

첫 만남이 바뀐다면, 지금과는 조금은 다른 결말을 맞

이할 수 있지 않을까. 그는 이제 나를 단순한 인간으로 보지 않는다. 내 기억을 먹이로만 봤다면 먹고 싶지 않다거나, 나에게서 잊히고 싶지 않다는 등의 말을 할 리가 없으니까. 그러니, 내가 이제 그를 괴물로만 보지 않으면 된다. 설령 나중에 그가 괴물인 걸 알게 되더라도, 친구로서 이 관계를 시작할 수 있다면 가능할 것이다. 어쩌면 처음부터 뒤틀려 있었던 이 모든 걸 바로잡을 기회가 온 걸지도 모른다. 이게 내가 내린 결론이자, 생각할 수 있는 최선의 결말이었다.

14. 한여름 밤의 꿈

금요일 아침, 챙길 것이 있어 등교 전에 잠깐 기숙사 독서실에 들렀을 때였다. 그곳에서 내 책상 한가운데에 놓인, 눈에 익은 글씨가 적힌 쪽지를 발견했다.

'토요일 7시, 옥상 문 앞으로.'

우연인지, 아니면 일부러 피한 건지, 나는 정말로 토요일 일곱시가 오기 전까지 세월의 모습을 단 한 번도 볼 수 없었다. 그날 마지막으로 본, 슬프다 못해 아파 보이던 얼굴이 온종일 어른거렸다. 지금 내 앞에 놓인 옥상의 문을 열면 너는 그때와 같은 표정을 짓고 있을까. 너 같은 건 자신의 기억을 먹는 것조차 불쾌하니 그냥 사라져 버리라고 소리 질러도 할 말이 없다. 방학식까지 남아 있을 거냐고 묻긴 했지만, 돌아가서 내 말을 되새기다 보니 뒤늦게나마 남은 분노가 올라왔을 수도 있는 거고.

아직 일곱시가 되려면 몇 분 남았는데도, 먼저 와 있는 건지 옥상 문은 이미 열려 있었다. 평소 같으면 이 정도 문이야 별로 무겁다는 느낌이 들지 않을 텐데, 왜인지 오늘은 문고리를 잡은 손에서 전해지는 무게가 그렇게 무거울 수 없었다.

해가 늦게 지는 계절답게, 저녁시간이 거의 끝나가는 때임에도 하늘은 여전히 밝았다. 산 끄트머리에 걸쳐진 구름이 붉게 물들고 있는 걸 봐서는 그것도 잠시일 것 같지만. 세월은 그 풍경 한가운데에 선 채로 이곳을 응시하고 있었다. 내가 언제 오나 하고 계속 문을 바라보고 있던 모양이었다.

"일찍 왔네. 아직 시간 안 됐는데."

"응. 혹시 기다릴까 봐."

내가 다가가기도 전, 그녀가 고즈넉한 햇빛을 등진 채 성큼 이쪽으로 걸어왔다. 노을이 비친 눈동자 속에서는 낯선 감정이 읽혔다. 출처를 모를 자신감. 명확한 답을 찾았기에 나올 수 있는 이상한 여유. 그녀가 내올 답이 무엇인지는 몰라도, 확실한 건 지금 그녀의 눈에서 내가 예상하던 분노는 한 올도 찾아볼 수 없다는 사실이었다.

"물어볼 게 있어."

무엇을 물어보려 그렇게 긴장한 건지, 그녀는 잠시 말을 끊고는 마른침을 삼킨 후 곧바로 하던 이야기를 이어갔다.

"내 이야기를 먹으면, 얼마나 더 오랜 시간 동안 인간의 모습으로 있을 수 있는 거야?"

거기까지 생각한 건가. 하긴 진작 나왔어야 하는 이야기였다. 저번에는 서로 감정이 북받치는 바람에 제대로 판단하지 못한 거지. 북받치다니, 설마 내가 세월과 나한테 이런 표현을 쓰는 날이 오게 될 줄이야.

"지금까지의 일을 생각해 보면, 아무래도 내가 감정에 더 동화될수록 얻는 힘이 더 커지는 거겠지. 나는 맛이라고 표현했지만."

책은 사람의 감정을 거의 담고 있지 않다. 설령 그렇다 해도, 정제된 것이기에 그것이 가진 힘은 그리 크지 않다. 그렇기에 여러 사람의 손을 탄 헌책 몇십 권을 먹어야 겨우 한 사람의 사소한 기억 정도가 되는 힘을 얻을 수 있다.

나는 서별의 기억을 삼킨 직후 오래전 아이와 함께 한 여정을 떠올렸다. 그 순간만큼은 그녀의 감정에 완벽히 동화되는 기분이었지. 그때의 나는 이야기를 거의 먹지 못한 상황이기에 허기가 한계에 다다른 상태였다. 서별의 이야기가 아니었다면, 나는 방학이 끝나기도 전에 자취를 감췄겠지. 그렇게 말끔하게 허기를 지워 낸 기억은 아이의 기억을 먹었을 때를 제외하면 오랜만이었다. 덕분에 나는 작별을 준비하기 위한 시간을 선물받을 수 있었다. 그러나 이야기를 먹지 않았던 기간이 길었던 만큼, 이야기가 가진 힘에 비교해 허기는 금방 찾아왔다.

"그러니, 이번 이야기는 내게 그 어떤 기억보다도 긴 시간을 선물해 줄 거야."

선물이라는 말이 이 애에게는 야속하게 들리겠지. 이미 그녀와 함께 보낸 시간 그 자체가 내게는 충분한 선물이었다. 그런데도 마지막까지 그녀를 힘들게 만든 건 나고, 그녀에게 도움을 받는 것 또한 나다. 미안하다는 말이 목구멍 위로 기어오른다. 헤어지는 아픔을 안고 가는 것은 나뿐이었음에도, 그것조차 내가 원해서 가져가는 것이었으니 이해해 달라는 핑계가 되지 못했다. 그렇게 생각한 순간이었다.

"그렇다면 몇 년 정도는 우습겠네."

세게 붙잡는다고 옷이 찢어질 것도 아닌데, 그녀는 비 맞은 꽃잎을 다루듯 조심스럽게 내 셔츠의 소맷자락을 잡고 있었다. 저번에는 손도 그렇게 덥석 잡았으면서.

"그럼, 나한테 다시 찾아와."

그녀는 지금 자신이 무슨 말을 하는 걸지 자각이 있는 걸까. 기억을 지워 놓고서, 모른 척 다가가 다시 친한 척을 하라고? 전례가 없었던 건 아니다. 이건 내가 오래전 그 아이한테 이미 저질렀던 실수였으니까. 그녀는 아직도 괴물과 인간 사이에 놓인 벽의 높이를 모른다. 조금만 기다리면 벗어날 수 있는데, 왜 굳이 자신을 다시 구렁텅이에 빠뜨리려 하는 걸까.

"여름이 끝나면, 처음부터 다시 시작하자."

그러나 정말 우스운 건 그 말에 저절로 설득되고 있는 지금의 내 모습이었다. 그녀는 내게 있어 늘 예외적인 존재였지만, 비극은 사람을 가리지 않는다. 우리가 얽히는 순간, 설령 내가 그녀를 끝까지 속인다 해도 그것은 절대 진실한 관계가 될 수 없다. 아이가 죽기 직전까지 모든 진실을 숨겼던, 기만으로 점철된 그때의 관계처럼.

그래도. 그래도 어쩌면 이 애는 가능하지 않을까. 애초에 서로의 바닥을 알고 시작한 관계였다. 내가 괴물인 걸 알았음에도 그녀는 이런 눈빛으로 나를 바라보고 있다. 그 아이도 언젠가는 나를 이런 눈빛으로 바라보는 것이 가능했을까. 이제는 별 상관이 없는 일이다. 지금 내 앞에 있는 건 세월이고, 원하는 결말을 얻기 위해 노력할 수 있는 것도 그녀의 일뿐이다.

"이번에는 정말 서로를 제대로 알아 갈 수 있도록."

인간과 괴물이 아닌, 그냥 이세월과 임혜성으로 시작하자.

이게 그녀가 낸 답이었다. 소매를 잡은 순간부터 조금씩은 떨리던 목소리가 그 문장을 말하는 순간만큼은 그리 명확할 수가 없었다. 눈빛을 한껏 채운 자신감이 이 답에서 나왔음을 말해 주듯이. 그녀는 이미 나를 괴물로 보고 있지 않았다. 나와 네 사이의 벽이 있다면, 그 벽이 얼마나 높든지 간에 온 힘을 다해 때리고 부딪쳐 깨부수려 노력해야 한다고 말하고 있었다. 그것조차 안 된다면, 그래서 이런 결말을 맞이해야 한다면, 애초에 벽은 존재하지 않았던 것처럼 서로에게 손을 뻗으면 된다고. 내가 그녀에게 괴물이 아니고, 그녀가 내게 이용하는 대상이 아닌 시간 속에서 살 수 있으면 되는 거라고. 그럴 수 없다고 답해야 한다는 생각은 어디로 가는지, 아직도 소맷자락을 붙잡고 있는 그녀의 손등 위로 나는 반대쪽 손을 포갰다.

"나는 네게 이 모든 걸 잊게 해 주고 싶었어."

"나는 어떤 것도 잊고 싶지 않았어."

"잊지 않아도 괜찮아."

"네가 돌아오지 않을 걸 아는 채로 널 기억하고 싶지는 않았어. 나는 그 정도로 낭만적이지는 않거든."

계속 바깥에 있었음에도, 오후 내내 옥상으로 내리쬔 햇살 덕에 그녀의 손에는 내 손을 데우고도 남을 정도의 충분한 온기가 깃들어 있었다.

"너를 잊고 싶어서 기억을 지우기로 한 게 아니야. 내 나름대로 내린 가장 이상적인 결론이 이거였을 뿐이지."

그렇게 기억을 잃는 걸 두려워했으니, 그녀는 자신의

기억을 주는 대신 내가 이곳의 삶을 연명할 방법을 찾아 내려 노력했을 것이다. 그러나 남에게 피해를 주는 걸 원치 않는 그녀라면, 남의 기억을 먹이는 방법은 절대 쓰지 않겠지. 그래서 고민 끝에 내린 것이 지금의 선택일지도 모른다. 이윽고 그녀는 그 선택을 내린 또 하나의 이유를 내게 말해 왔다.

"그리고, 만약 네가 괴물이라는 걸 모르고 친해졌다면 지금보다는 훨씬 괜찮지 않았을까 하는 생각이 계속 들더라고."

우리의 관계는 정상과는 거리가 멀었다. 나는 그녀를 이용하고, 그녀는 나를 애물단지로 여기는 동시에 두려워했다. 설령 지금 서로에게 갖는 감정이 그와 거리가 멀다 해도, 한때 마음을 채웠던 감정의 찌꺼기는 죄책감이 되어 머릿속을 방황한다. 내가 먹을 이야기를 찾아다닐 필요도, 다른 존재라는 이유로 서로를 경계해야만 한다는 의무감을 질 필요도 없이 시작된 관계였다면 평범한 사이가 될 수 있었을까. 어떤 이는 이런 관계야말로 특별하다고 말할지 몰라도, 내게 특별함은 나를 평생토록 이방인으로 살게 만든 꼬리표일 뿐이었다.

이방인이 아닌 다른 이의 누군가가 될 수 있을까. 기억만 지우면. 그리고 내가 너를 다시 찾아온다면. 그녀가 이렇게 말한 이상, 나는 그녀의 기억을 지우지 않고 떠날 수도 없었다. 그거야말로 그녀에게 끝내 용서받지 못할 일이다. 다시 돌아오지 않아도 그녀는 아무것도 모르겠지만, 이 말을 들어 버린 이상 내 발이 저절로 나를 이곳으로 이끌 것을 알았다.

“내가 어떻게 너를 거절할 수 있겠어.”

네 부탁을 거절할 수 없다는 것인지, 아니면 그냥 너 자체를 거절할 수 없다는 것인지는 설명하지 않았다. 나는 그녀의 판단에 내 말의 의미를 맡겼다. 어떻게 해석하든, 어차피 다시 돌아올 것이라는 나의 뜻은 전해졌을 테니까.

“방학식 전날이 좋겠지? 담임 선생님 말로는 당일 낮에 학생들을 귀가시킬 거래. 우리는 다른 반이고, 다들 떠들썩할 테니까 우리가 서로 만날 정신도 없을걸.”

“기말고사 끝나고는 자율학습도 없으니, 전날 밤에 잠깐 만나자. 잠깐이면 되니까 기숙사 계단에서 만나도 괜찮을 거야.”

잠깐이면 모든 것이 끝날 거다. 그 잠깐의 시간 동안, 그녀에게 내가 어떤 의미였는지 알 수 있을 것이다. 그러나 그 호기심보다는 나를 아는 그녀가 이제는 없다는 사실이 더 크게 다가왔기에, 내가 그것을 궁금해하고 있다는 자각조차 할 수 없었다.

"다음 주가 기말고사고, 바로 방학식이니까 이제 일주일 정도밖에 안 남았네."

"그동안이라도 추억이나 좀 쌓아 보지, 뭐. 설령 내가 잊더라도, 네가 내 몫까지 기억하고 있을 테니까."

웃고 있음에도 그녀의 입가가 미미하게 떨리는 것이 보인다. 아마 두려움을 이기려 억지로 웃어 보이는 거겠지. 내가 배려해도 모자랄 상황에. 고마움보다는 애잔함이 더 크게 다가왔음에도, 나는 그녀의 웃음을 진심으로 믿는다는 듯 그녀를 따라 밝게 웃었다.

* * *

아쉬움을 느끼던 얼마 전까지의 내가 부끄러워질 지경이다. 이제 더는 볼일이 없을 줄 알았는데. 방학만 지나면 다시 매일 볼 거라는 이야기를 듣자 온갖 고민을 해 온 게 바보 같을 지경이었다.

"그래서, 세월이하고는 그렇게 됐어."

혜성은 얼마 전과 달리 조금이나마 정신을 차린 모양이었다. 지금으로서는, 오히려 이해가 가지 않는 쪽은 세월이었다.

"세월이는 대체 무슨 생각이었을까? 네 정체를 모르는 채로 곁에 두는 건 아는 채로 두는 것보다도 훨씬 위험한 일일 텐데."

"위험하게 만들 생각 없어. 불안하면 네가 옆에서 지켜 주든가."

말 안 해도 그럴 생각이었다.

"참고로 말해 두지만, 내 기억은 넘겨줄 생각 없어. 네 정체를 떠벌릴 생각도 없지만."

"먹을 생각도 없었어. 어차피 넌 괴물의 존재도 이미 알고 있었고, 그러니 네 일상은 기억을 지우든 말든 크게 달라질 게 없잖아."

이것만 봐도 얘가 나와 세월을 얼마나 다르게 생각하는지 알 수 있지. 세월에 관한 거라면 어떤 일이든 예민하게 반응하면서, 나는 있든지 없든지 별로 상관없는 사람 취급하는 것만 봐도 답이 나온다.

"그래도, 아예 떠나는 게 아니라니까 다행이네."

"뭐야. 내가 떠난다니까 아쉬웠어?"

나는 그를 째려보는 것으로 대답을 대신했다. 이내 웃는 그의 표정은 남들 눈에는 평범하게 웃는 얼굴이겠지만, 지금의 내게는 비웃는 표정 그 이상 그 이하도 아니었다.

"세월이가 결정한 일이니 어쩔 수 없긴 한데, 들키기만 해 봐. 그땐 내가 책임지고 널 쫓아낼 거니까."

"누가 할 소리. 너야말로 괜히 어색하게 행동해서 들키지나 마."

"그 정도로 안 들켜. 너만 잘하면 돼."

혜성과 나는 서로 말 한마디도 지지 않겠다는 생각으로 대답하지 않아도 될 말에 계속 말을 덧붙였다.

* * *

혜성은 방학식 전날까지도 옥상에서 나눈 대화를 전

혀 언급하지 않았다. 물론 나 또한 마찬가지였다. 오늘 시험은 잘 봤는지. 혹시 물어볼 문제는 없는지. 그 정도의 대화만 간간이 오갔다. 그 외에 나누는 대화도 전부 일상적인 것이었다. 그는 가끔 할 말이 떨어지면 뜬금없이 내게 방학 때는 뭘 할 건지, 휴가는 어디로 갈 생각인지 계획을 묻기도 했다.

마지막 시험이 끝난 오늘, 다들 한 학기 만에 주어진 자유를 즐기고 있는 건지 기숙사 독서실은 사람 한 명 없이 텅 비어 있었다. 저녁 점호가 끝나고, 집에 챙겨 갈 짐을 싸기 위해 독서실을 들리고 방으로 올라가려던 그 때였다. 인기척에 옆으로 고개를 돌린 순간, 마침 복도 안쪽에서 걸어오는 혜성과 눈이 마주쳤다. 그러고 보니, 언제 만날지 시간을 따로 정하진 않았지. 서로 그때가 찾아오지 않길 바라며 미루고 미뤄서 결국에는 이렇게 늦은 시간까지 미뤄진 모양이었다. 우리는 서로 아무런 말도 하지 않은 채 같이 계단을 올랐다.

기숙사의 5층은 선생님과 외부인을 위해 사용되고 있었기에, 특별한 용건이 없는 한 5층과 4층 사이에 계단을 이용하는 사람은 거의 없었다. 혹시나 비밀리에 만나는 커플을 마주치진 않을까 불안했지만, 다행히도 계단에는 아무도 없었다. 나는 계단에 걸터앉고는 벽을 가득 채운 창문을 등지고 선 혜성을 빤히 바라보았다. 학교 뒷산과 밤하늘 말고는 아무것도 보이지 않는 창 너머로부터 하얀 달빛이 내리쬐고 있었다. 눈이 붉은 것도, 그때 본 송곳니가 드러난 것도 아닌데 그 순간의 그는 사람이 아니라는 느낌이 온몸에서 물씬 풍겼다.

"이제 막 서로 좋아하는 것도 뭔지 알았는데, 금세 다 잊어버리겠네."

"나중에 만나면 그 이야기도 다시 하게 될 거야."

마지막까지 웃어 보이고 싶었다. 저번에 그랬던 것처럼 말이다. 그러나 역시 나는 거짓된 모습을 꾸며 내는 데에는 소질이 없는 모양이었다. 옥상에서 끝내 울먹임을 참지 못했던 것처럼 말이다. 눈물까지 흘리면 그가 마음이 약해질까 봐, 그래서 죄책감에 나를 찾아오지 않으면 어떡하나 생각이 들자 다행히 우는 것까지는 겨우 참을 수 있었다. 그리고 혜성은 웃지 못하는 나 대신 내 몫의 미소까지 가져간 채 나를 안심시키기 위해 내 손을 붙잡았다.

우리는 얼마나 지났는지 어림할 수 없을 정도의 오랜 시간 동안 아무 말도 하지 않았다. 설령 다시 올 것을 안다고 해도, 이 기억을 당장 가져가 달라 말하는 것이 너무나 두려웠다. 이대로 아침이 밝아 오면 악몽에서 깰 수 있지 않을까. 내일 아침에도 당연하듯 서로의 얼굴을 보고, 짧은 헤어짐을 아쉬워한 채 방학 잘 보내라며 인사할 수 있을 것 같다는 착각이 일었다. 이런 생각조차 곧 있으면 깨끗하게 지워질 터였다. 시작하자는 말 한마디만 하면.

"다시 만나러 올게."

"약속했어. 안 찾아오면 어떻게든 기억해 낼 거야."

"명심할게. 그리고, 방학 잘 보내."

다시 만난다면, 그래서 지금보다 깊은 관계가 된다면 그가 내게 그랬듯 나도 묻어 둔 기억을 털어 낼 수 있는 날이 오겠지. 그때쯤이면 혜성이 말해 줄지도 모른다. 우리는 사실 기나긴 봄을 함께 보냈다고. 네가 기억하지 못하는 순간을 나는 전부 기억하고 있다고. 네가 어떤 기분을, 감정을 느꼈는지도 전부. 그는 나조차도 친근함인지, 사랑인지 구분할 수 없는 지금의 감정이 무엇을 뜻하는지 알게 되겠지. 그리고 먼 훗날 그 답을 내게 대신해 줄 것이다. 그때의 나는 지금 이상으로 너에게 빠져 있겠지. 그래, 지금의 감정은 사소하고 풋풋하게만 느껴질 정도로 말이다.

그의 눈동자가 색이 변하는 순간을 보기 위해, 나는 혜성의 얼굴을 계속해서 뚫어지게 응시했다. 꽤 오랜 시간을 기다렸다고 생각했는데도 색이 변할 기미가 보이지 않아 언제쯤 시작할 생각이냐며 물으려던 순간, 갈색의 홍채 위로 눈에 익은 붉은색이 물감처럼 번져 나왔다. 작별의 순간이었다. 그리 길지 않은 작별일 거다. 얼마나 오랜 시간 동안 다시 같이 있을 수 있을까. 유일하게 확신할 수 있는 건, 네가 오기 전까지 나는 누굴 기다리는 줄도 모르는 채 너를 기다리고 있을 거라는 사실이었다.

에필로그

고민 상담부에는 이야기를 먹는 괴물이 있다

아직 열기가 가시지 않은 9월이었다. 남들은 개학이 금세 찾아왔다고 생각할지 몰라도, 나는 두 달 내내 오늘이 오기만을 간절히 기다리고 있었다. 내 부모님도 그랬을 거다. 그러나 이번 여름은 이전과는 달라진 점이 하나 있었다. 16년간 괜찮아질 만하면 나타나던 악몽이 여름 내내 한 번도 나타나지 않았다. 빈도가 급격히 줄어들기 시작한 건 올봄쯤부터였던 것 같다. 학기를 통틀어 그 꿈을 꾼 횟수가 두세 번 정도였으니까.

원인을 생각해 보려 해도, 그 후보가 너무 많아 종잡을 수가 없었다. 처음으로 친구를 만든 일. 고민 상담부 활동을 하며 남의 고민을 들어준 일. 고민을 해결하기 위해 그들이 어떤 기분일지 알아내려 노력했던 일들이 일지의 형태로 빼곡히 쌓여 부실 한구석에 정리되어 있었다. 이미 예전의 일이 된 1학기 때의 기록을 상자에 넣기 전, 기억이나 되살려 볼 겸 읽어 볼까 싶었다.

일지를 읽으면 읽을수록, 나는 문장과 문장 사이에 숨겨진, 어딘가 이해가 가지 않는 구석을 무의식적으로 느끼고 있었다. 한참 내용을 읽던 중, 김해원의 상담 기록이 적힌 부분에 지우개로 지웠음에도 미세하게 남은 글씨 자국을 발견했다. 자세히 들여다보니, 내가 썼다고는 믿을 수 없는, 차라리 잘못 본 것이길 저절로 바라게 되는 내용이 그곳에 적혀 있었다. '기억을 지운 후.' 분명 그 글자였다. 기록으로 남기면 안 되는 내용이라는 듯, 글자들은 자세히 보지 않았다면 있었다고 눈치채지도 못할 정도로 깔끔히 지워져 있었다. 권다경과 서별의 상담 기록에도 비슷한 자국이 남아 있었다. 소원의 글씨체는 아니었다. 정갈하다 못해 궁서체에 가까운 그녀의 글씨체는 다른 사람과 확연히 구분되는 모양새니까. 이런 엄청난 말을 내가 써 놓고도 기억하지 못한다고?

그래. 내가 여러 자국이 겹치는 바람에 잘못 읽은 거

겠지. 그렇게 생각하고 넘겼다. 내 실수라고 생각하는 편이 훨씬 현실성 있으니까.

읽다 만 일지를 종이 상자에 넣고 나오자, 아직 한참 점심 먹을 시간이라 아무도 오지 않을 줄 알았던 도서관에 손님이 와 있었다. 아, 방학식 때 대표로 상 받았던 걔인가. 개학식 때도 옆 반이라서 얼굴은 본 것 같다. 방학식 날까지 몰랐다는 게 신기할 정도로 튀는 애였지. 뭐, 나야 친구라고는 윤소원밖에 없고, 늘 도서관에만 틀어박혀 있었으니 누구 한 명 모른다고 이상할 것도 없지만. 책이라도 빌리러 온 건가 싶어 아직 정리를 못 했다고 말하려는 그 순간이었다.

"고민 상담부에 가입하고 싶어서 왔는데."

고민 상담부는 1학기 내내 윤소원 외에는 들어오겠다고 하는 사람이 없을 정도로 비인기 동아리였다. 그러고 보니, 윤소원은 왜 들어왔더라. 뭐, 덕분에 친해지고, 같이 밥도 자주 먹게 됐으니 상관없나. 아무튼 그런 동아리에 대뜸 저렇게 유명한 애가 찾아왔다는 게 신기할 따름이었다.

"1학기 때 다른 동아리 안 들어갔었어?"

"공부에 집중하느라. 이번 학기부터 한번 해 볼까 했지."

호의가 가득한 눈이 부담스러워 슬쩍 눈길을 피했다. 피하고 난 뒤에는 혹시 실례한 게 아닌가 싶어 뻘쭘해졌지만, 다시 그의 표정을 보니 별로 개의치 않는 듯했다.

"네가 동아리 부장 맞지? 애들한테 들었어."

"어, 응. 입부 신청서 가져올 테니까, 잠깐 여기서 기다려. 알았지?"

"아냐, 나 담당 선생님 누군지 아니까 이따 내가 직접 가서 말할게. 보아하니 정리하느라 힘든 것 같은데."

배려심도 있고, 성격도 딱히 모난 곳은 없는 것 같네. 처음 보는 사이면 어색하게 대할 법도 한데 그런 것도 안 보이고. 아무래도 친화력이 꽤 좋은 모양이었다.

"그렇게 해 준다면 나야 고맙지."

안 그래도 인원이 적어 고민이었는데, 딱 봐도 성격 좋아 보이는 애가 들어와 준다니 나로서는 천만다행이었다. 이성을 불편해하는 남자애들도 이제 편히 상담을 받을 수 있을 것 같고. 소원만 괜찮다면 입부를 시켜도 되겠지.

"도서관 정리가 끝나기 전까지는 활동이 어려울 거라, 일주일 후부터 이곳으로 오면 돼. 부실은 여기 있는 도서관 별실이고."

"아, 고마워. 혹시 번호 물어봐도 될까? 물어볼 게 있으면 연락하게."

"불러 줄 테니까 나한테 나중에 문자 보내 둬."

그가 들고 있는 휴대전화는 최근 광고에서 자주 나와 그걸 쓰지 않는 나조차 눈에 익은 기종이었다.

대화하는 내내 계속 생긋 웃는 표정 덕에 나도 덩달아 분위기를 탔는지, 들고 있던 짐을 내려놓고 오른손을 뻗어 그에게 악수를 권했다. 평소라면 생각지도 못할 행동이었다. 다행히도 그는 곤란해하는 기색 없이 씩 웃어 보이며 내민 손을 맞잡았다.

"앞으로 잘 부탁해."

"나야말로. 마침 인원이 많이 부족했거든."

악수가 끝나 손을 떼려는 순간, 그가 왼손에 들고 있던 무언가를 내 손에 슬며시 쥐여 주었다. 손을 펴 보자마자 보인 것은 한 손에 쏙 들어갈 만한 크기의 미니 초콜릿이었다.

"일하는 게 힘들어 보이길래, 단걸 먹으면 조금 기운이 나지 않을까 해서. 나는 단거 좋아해서 종종 갖고 다니거든."

이 정도면 정말 뭔가 꿍꿍이가 있지 않을까 싶을 정도로 섬세한데. 뭐, 그렇다고 기분이 나쁜 건 아니다. 처음 보는 사람에게 이런 호의를 받는 게 조금 어색할 뿐이지. 동아리를 계속하다 보면 윤소원과 그랬듯이 이 애와도 친해질 수 있을까. 굳이 지금 답을 정해야 한다면, 아마 그럴 것 같다. 첫인상이 좋으면 반은 간다고 하지 않았나. 그러고 보니 이따 저녁은 윤소원과 먹기로 했었지. 그때 이야기해야겠다. 고민 상담부에 새 부원이 들어왔다고. 걔도 아마 할 일이 줄었다며 좋아할 거다.

작가의 말

사실 이 정도 분량의 글을 제대로 끝맺어 본 것은 이번이 처음입니다. 제가 다녔던 고등학교의 풍경을 상상하면서 썼더니 시간 가는 줄 모르고 쓴 것 같습니다. 『너의 이야기를 먹어 줄게』라는 작품은 제게 특히나 의미가 깊습니다. 제 글로 책을 낼 수 있다는 자신감도 심어 주었고, 작가로서 저를 많이 성장시켜 준 작품이니까요.

이 작품의 주인공인 세월은 혜성과 소원, 그리고 다른 학생들을 통해 다른 사람의 감정에 공감하는 법을 익혀 갑니다. 소원은 세월의 이상향, 즉 그녀가 품은 소원을 상징하는 인물입니다. 그리고 혜성은 그런 세월의 소원을 이루어 주기 위해 예고도 없이 나타난, 이름 그대로 혜성과도 같은 존재죠.

청소년기는 자신의 목표를 찾기 위해, 그리고 그것을 이루기 위해 고군분투하며 성장하는 시기라고 생각합니다. 그래서 그 성장을 독자들이 재밌게 읽을 수 있는 이야기의 형태로 담고 싶었습니다. 고민 끝에 꿈을 선택한 해원. 누군가를 좋아하는 감정을 배운 해람. 아픔을 극복하기 위해 좋아하는 여자애를 잊어야만 했던 다경과 아픔으로부터 스스로 벗어나는 방법을 배운 별이. 주인공들을 포함한 모두의 이야기가 누군가에게 위로가 되었기를 바라며 이 작품을 썼습니다.

하라는 공부는 안 하고 시험 기간에 글 쓰고 있던 자식을 오히려 격려해 준 부모님, 글 쓰느라 고생한다며 응원의 한마디를 전해 준 친구들, 머릿속에만 있던 작품 속 캐릭터와 화괴의 모습을 멋들어지게 그려 주신 그림 작가 리페님 그리고 이 작품을 책으로 낼 수 있게 도와준 이지북 출판사 직원분들과 서툴고 부족한 작가를 잘 이끌어 주신 이현지 에디터님께 진심으로 감사의 말씀을 전합니다.

—명소정

추천의 글

『너의 이야기를 먹어 줄게』는 화괴라는 캐릭터를 전면에 내세워 '이야기(기억)를 먹는다'는 설정으로 '상담'이라는 매개를 배치해, 청소년들의 고민을 마주하게 하는 기획과 설정이 '십대'라는 주제의식에 충실하였다. 일반적인 웹소설의 경쾌함이나 속도감과는 결이 약간 달랐지만, 독특한 설정, 작품을 끝까지 끌고 가는 힘과 매력적인 캐릭터, 개성 있는 문체는 이 작품을 영어덜트 노블로서 특별하게 한다.

_이융희(청강대 웹소설학과 교수)

'이야기를 먹는 괴물'이라는 콘셉트가 신선하다. 문장

은 감각적이다. 시선은 젊은이답게 쿨하다. 모든 세대가 공감할 만한 주제다. '관계'에 대한 통찰이 돋보인다. 누구에게나 감동을 선사할 것이라고 확신한다.

_조성원(한국영화아카데미 원장, 영화 제작자)

한국에서 영어덜트 판타지는 아주 드문 장르다. 해외에서 주류를 형성하는 장르가 영어덜트 판타지라는 점에서 보면, 국내에선 이런 장르가 별로 없다는 게 아쉬웠다. 『너의 이야기를 먹어 줄게』는 이런 아쉬움을 한 방에 날려 주는 작품이었다.

저자는 이제 대학교 졸업을 앞둔 소위 MZ세대이다. 누구에게나 그렇듯 자신의 고민은 절박하고 무겁다. 십대라는 이름이 붙으면 그 고민은 더 미묘한 색깔로 채색되곤 한다. 이 작품이 특별한 것은 바로 이 지점이다. 그들이 겪는 고민은 지극히 절박하고 무겁지만, 작가와 등장인물은 시종일관 지극히 '쿨한' 태도로 그 고민을 대한다. '이루지 못할 꿈이라면, 이루어지지 않을 사랑이라면 차라리 그 기억마저 다 잊게 해 줘'라는 어찌 보면 충분히 과격해도 될 만한 절규가 '이야기 먹는 괴물'이라는 신선한 판타지로 치환되어 그들만의 '쿨한' 치유 서사가 되어 버렸다. 놀랍지 않은가?

한 가지 더, 고민에는 항상 '다른 사람'이 엮여 있으며 모든 해결책은 '쌍방'이 고려되어야 한다는 지극히 당연하지만 놓치기 쉬운 지점을 예리하게 짚어 낸 것은 작가의 통찰과 문학적 상상력이 만나 이루어 낸 의미 있는 성과이다. 지금 십대라는 터널을 통과하고 있는 그들에게, 그리고 그 터널은 지났지만 또 다른 터널 안에서 고군분투하고 있는 더 윗세대에게도 감동을 자아내기 충분한 작품이다.

_이동은(가톨릭대 미디어기술콘텐츠학과 교수)

화괴에게 넷플릭스를 보여 주면 어떤 일이 벌어질까 상상해 보았다. 아니, 그것보다 넷플릭스에 화괴와 이 책을 보여 준다면? 벌써 이 작품의 영상화가 기대된다.

_류용재(영화, 드라마 작가)

너의 이야기를 먹어 줄게

초판 1쇄 발행일 2021년 7월 23일
초판 7쇄 발행일 2024년 12월 1일

지은이 명소정
펴낸이 강병철
편집 정사라 최웅기
마케팅 최금순 이언영 연병선 송의정
제작 홍동근

펴낸곳 이지북
출판등록 1997년 11월 15일 제105-09-06199호
주소 (04047) 서울시 마포구 양화로6길 49
전화 편집부 (02)324-2347, 경영지원부 (02)325-6047
팩스 편집부 (02)324-2348, 경영지원부 (02)2648-1311
이메일 ezbook@jamobook.com

ISBN 978-89-5707-926-3 (43810)